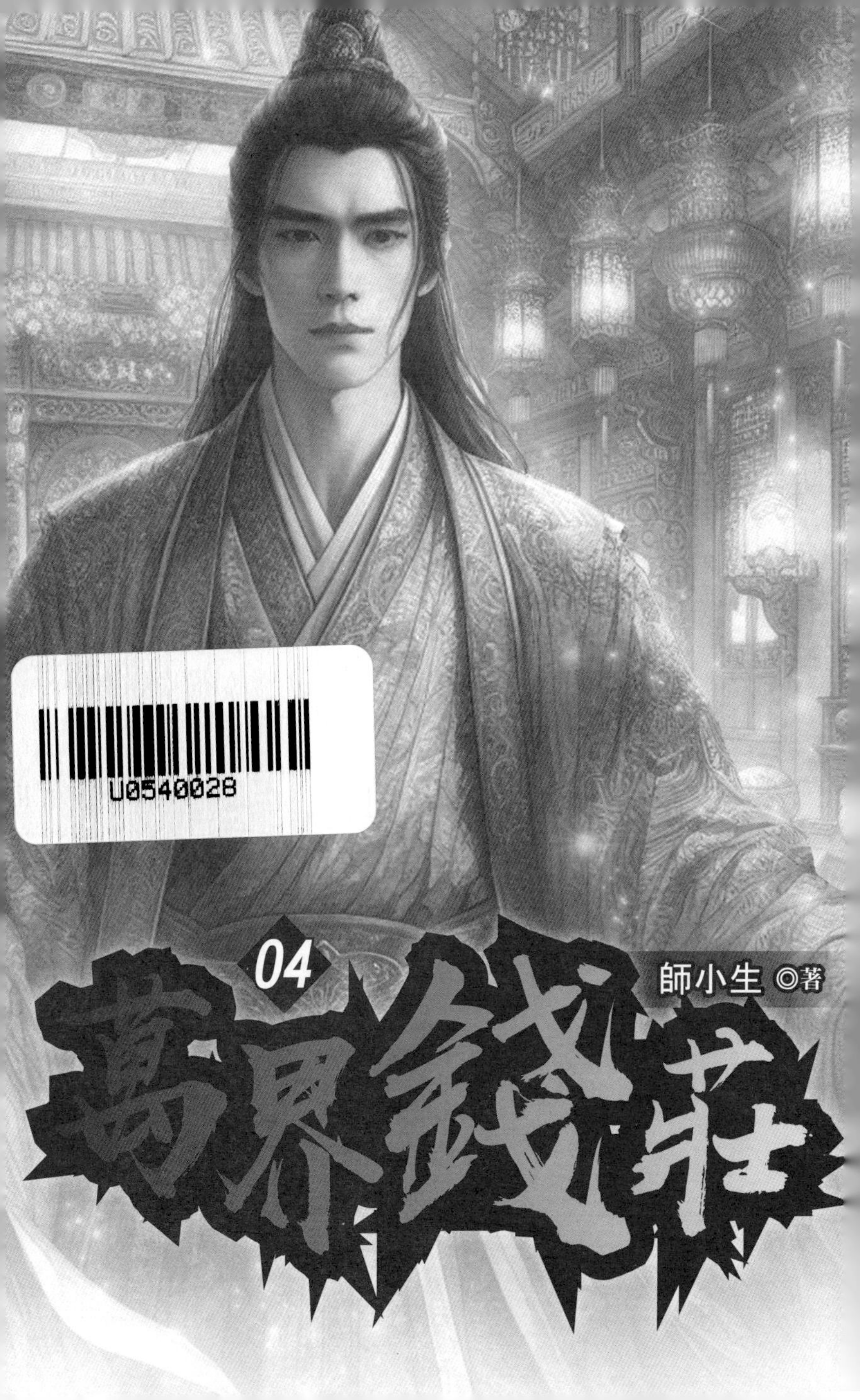
04
萬界錢莊
師小生 ◎著

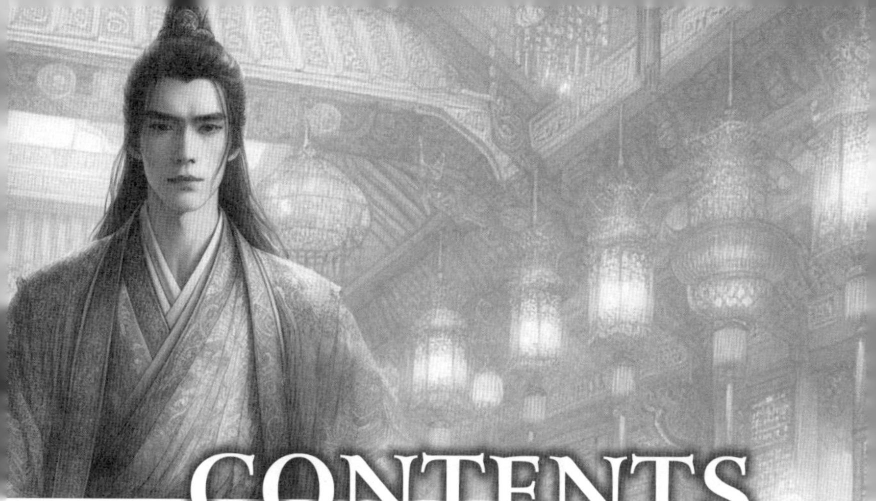

CONTENTS

目錄

第一章 悲慘的姐妹花

「這……這是什麼手段？」

「他們是什麼人？竟然敢在鴻臚寺殺大周將士？」

如此詭異的一幕，瞬間震懾了周圍所有外邦使者以及趕來的將士，他們只感覺脊背生寒，一股涼意從腳底板升騰而起。

而安忠國等人卻知道，如果蘇使者願意，連骨灰都能燒盡。

「之所以留下了骨灰，是因為這樣才更具有視覺上的震懾效果。」

陳凡負手而立，同樣在看著這裡的情況。

「趙野在哪？」鴻臚寺內，王大寶當即再次喝問。

一時間，無人應答，誰敢說話？

說了，得罪趙野，得罪大周皇朝，事後還能活命嗎？

「你來說！」王大寶當即大手一指，挑了一位距離最近的中年外邦代表。

「我……下官……下官……也不知道啊。」

此人嚇得瑟瑟發抖，最終還是選擇了隱瞞。

「轟！」沒有給王大寶任何廢話的機會，此人當即變成一堆骨灰。

「啊——」

一些膽小的外邦代表，當即嚇得驚叫一聲，雙腿發軟，站立不穩。

「你來說……」王大寶從這些膽小的外邦代表當中，又是挑了一位。

「他……他在那裡！」

這名膽小的外邦代表，果然怕死，第一時間便是告知了眾人。

這是一座單獨的建築，曲徑通幽，環境極好。

隨即，安忠國等人閃身撲了上去。

「站住！」

而這個時候，門前守衛，當即從震撼中回過神來，下意識地想要阻攔。

「轟、轟！」

然後，他們同樣化成一堆堆骨灰。

四周想要衝上來的護衛，紛紛腳下一頓，哪裡還敢動彈？

生怕自己不明不白，直接變成了一堆骨灰。

「嗯？」

就在此時，一名士兵摸向腰間的信號彈，想要示警，只是這種小動作，豈能瞞得過蘇輕語？

「轟！」

當即，此人的身軀驟然自燃，鴻臚寺內，又是多了一堆骨灰。

「嘩——」

頓時，此人周圍的將士一片譁然，紛紛後撤一步，下意識地遠離這堆骨灰。

「嘎吱——」

而與此同時，安忠國已然來到門前，沒見他伸手，房門便是自動打開。

「嗯？人呢？搜！」安忠國眉頭一皺，當即低喝一聲。

隨即，諸葛宇等人紛紛散開，開始搜索。

「老安，這有兩個女人。」

王大寶很快在一側的房間內，發現兩名女子。此時，她們都是被吊起來，穿著暴露的衣裙，衣衫不齊，露在外面的肌膚，更是青一塊紫一塊。

其中一位女子，更是嘴角溢血，一動不動。

「嗯？」王大寶上前，想要探其鼻息。

「不用探了，她已經死了。」正在此時，另外一位女子開口說道。聲音嘶啞，目光空洞，俏臉木然，看起來讓人生憐。

「趙野人呢？」

王大寶雖然廢話多，沒個正形，但是幹正事的時候，還是不拖泥帶水的，當即直奔主題，至於眼前之女的遭遇，一看就能猜到一二。

但是，這世間的悽慘故事，多不勝數，他不可能全都去管，眼下正事重要。

「趙野？那個禽獸。」

聽到這個名字，這名活著的女子，瞬間變得怨毒，雙眼彷若毒蛇一般，俏臉變得扭曲，給人極其不適的感覺。

「他在哪？」王大寶追問道。

「你們找他幹什麼？」女子將怨毒的眼神投向王大寶，陰冷地問道。

此時的王大寶，甚至感覺一股陰風吹來，整個房間的溫度似乎都下降了十數度，讓他有些不自在。一個常人，竟然能夠讓他有這種感覺，可見眼前女子心中的怨恨，何等濃郁。

「殺他。」王大寶答道。

「今天早上，我迷迷糊糊間聽到周奇前來找他，好像帶他去了一個地方。」女子開口。

「哪裡？」王大寶眼前一亮，趕忙問道。

「帶我一起，我給你們指路。」女子寒聲說道。

聞言，王大寶眉頭一皺，不由得看向安忠國。

「為什麼？」安忠國目光一閃，問道。

「她是我的妹妹。我們本是一對雙胞胎姐妹，以舞謀生，在秦都也算是小有名氣。結果，就是因為被趙野這個畜生看上，他將我們抓來，當做禁臠，每日供他享樂。」

「昨天深夜，我的妹妹不堪折辱，咬舌自盡。我親眼看著她一點點死去，我恨趙野，我要他死——死！」

女子身上瘋狂散發出令人極其不舒服的怨毒氣息，彷彿怨靈一般，怨念極其濃郁。

「好。」安忠國安靜地聽她發洩完畢，然後直接點頭。

隨即，女子身上的繩索直接被斷掉，癱軟在地。

「王使者，你來扶著她。」安忠國說道。

「老安，你……」

王大寶頓時一愣，憑什麼是我？

「你發現的，這是你的功勞，自然要你來負責。」

安忠國說完，徑直離去，其他人趕忙跟上。

很快，眾人離開鴻臚寺，在這名舞女的帶領下，前往另一處地點。

「嗖、砰！」

而與此同時，鴻臚寺內，一枚信號彈升空炸響。頓時，大周皇都內，無數將士開始朝著鴻臚寺方向湧來。

「萬花樓？」

看著裡面無數的女子搖曳生姿，媚態撩人時，安忠國等人便知道，這裡是風月場所。

「今日，這裡要舉辦一年一度，大周皇都最大的風月盛事——選花魁。」舞女開口。

「王使者，你進去將……」安忠國剛想開口。

王大寶何其精明，吃過一次虧，自然不會再上當，當即打斷安忠國，說道：

「老安我是什麼實力，你還不知道？」

「趙野可是通靈境後期實力。我去就是送菜。要我說，還是你去比較合適。或者，你帶著諸葛宇他們這一百單八位兄弟進去。」

「別忘了你之前說過的……速戰速決。稍有拖延，姬寒就有可能得到消息，藏匿起來。咱們就完不成莊主的任務了。」

安忠國說：「那就一起進去。」

今日，春香閣、怡紅院和瀟湘館三大風月場所，以及大周皇都數十家小規模風月場所的當家花旦們，紛紛來到萬花樓競選花魁，好不熱鬧。

鶯鶯燕燕，吸引了不知道多少大周皇朝的公子哥、達官貴人。

總之，萬花樓雖然很大，依舊爆滿。

三樓某處包廂內，周奇諂媚地開口說道：「趙使者，花魁即將選出。」

「萬花樓、春香閣、怡紅院、瀟湘館四大風月場所，輪流舉辦花魁盛會，今年輪到萬花樓來舉辦，萬花樓的當家花旦柳媚生，有著主場優勢，想必今年的花魁，非她莫屬。」

「而且，萬花樓還特意為其編織了一個愛情故事，據說裡面的男主人公，可是咱們大周皇朝的第一才子唐博琥。」

「唐博琥甚至還單獨為其寫了一首詩，使得柳媚生的名氣再次大增。」

不得不說，周奇介紹的異常詳細。

「唐博琥？」聞言，趙野冷哼一聲，說道，「他也配擁有柳媚生？」

「那是、那是。趙使者如果看上了柳媚生，自然沒有他唐博琥什麼事。一些無病呻吟的才子而已，哪有資格配得上柳媚生這樣的絕世佳人？」

周奇眉頭一動，當即明白了趙野的心思，說道：「趙使者，我這就去安排。今晚，她就會服侍趙使者。」

「慢著，誰說我要柳媚生了？」

趙野品著杯中好茶，不緊不慢地反問了一句。

聞言，剛剛起身的周奇，頓時坐下，不解地問道：「趙使者……看上的哪家花旦？」

「無論趙使者看上的是誰，都是她的福氣。」

當即，趙野將杯中好茶一飲而盡，然後猛地站起身，毫不掩飾自己的欲望之色，盯著下方的四名爭豔的女子，貪婪地說道：「本使者，全都要。」

「呃……」

聞言，周奇嘴角一抽，還真是貪婪、好色，胃口真的大。

只是，他哪裡敢說不？

趙野代表著靈雲宗，本身又是通靈境後期強者，豈是他能夠得罪的？

「趙使者果然霸氣，蠢貨才做選擇題，而趙使者您這樣的真男人，就應該全都要。」周奇順勢拍了一波馬屁，然後說道，「您稍等，我這就去安排。」

「砰！」

正在此時，包廂門突然被踹開。

「誰？」

「不知道這裡是哪嗎？滾出去。」見狀，周奇頓時臉色一沉，喝道。

「慢著。」

趙野不認識踹門而入的王大寶，但他看見了蘇輕語，雙眼頓時一亮，浮現貪婪的欲望。

「還真是找死。」

看到這一幕，陳凡搖了搖頭，這趙野竟然敢得罪蘇輕語，絕對會死的很慘。同樣，王大寶也是這般想，心中為趙野默哀。

「美！美豔不可方物。我趙野活這麼大，還是第一次看到這般漂亮的女子。周奇，你不厚道啊。大周有這般絕代芳華，你竟然不給本使者獻上來？」

趙野並不知道自己幾分鐘後的命運如何，他此時滿腦子都是汙穢的思想，死死地盯著蘇輕語，開口說道。

此時的周奇，當即也是被蘇輕語的絕世容顏驚豔到了，聽到趙野的話，方才回過神來，舔了舔發乾的嘴唇，隨口奉承了一句：「趙使者，周某可從未看到過這等絕色，一定是趙使者的魅力驚人，讓美人主動投懷送抱。」

「啊哈哈……」聞言，趙野頓時開懷，非常滿意。

「還真是瘋狂找死。」王大寶實在忍不住了，開口說道，「你們難道瞎嗎？當我們不存在？」

「你是來進獻美女的吧？」

趙野看都沒看王大寶一眼，直接說道：「不錯。」

「本使者很滿意，你是想要進靈雲宗還是想要在大周皇朝任職？只要不是祕傳弟子或者是當朝宰相，本使者都可以做主。」

一旁的周奇，頓時眉頭一皺。趙野這話，簡直把大周皇朝當作自己的勢力一般，置尊貴的周皇陛下於何地？

「你……」聞言，王大寶樂了。

這傢伙，真的是……見到美色，無腦到了這個地步？

「老子想當大周皇朝的皇帝。」他開口說道。

聞言，趙野眉頭一皺，終於是聽出來了不對勁，說道：「你瘋了吧？」

「我瘋你這個大頭鬼。」王大寶彷彿看弱智一樣的看著趙野，喊道，「老子看你才瘋了。」

「你知不知道自己在和誰說話？」趙野臉色陰沉。

「靈雲宗使者，趙野。」王大寶反問道，「那又怎樣呢？」

「好，周奇，這就是你們大周皇朝的待客之道？我趙野還真是見識到了。」

趙野冷冷地說道。

「找死，殺了他們！」

周奇早已經氣炸了，在大周皇朝皇都發生這種事，他顏面何存？

然而，他身旁的兩位通靈境初期實力的強者，尚未動手，便是突然自燃。

而且，包裹他們的聖火，灼燒的異常旺盛。

顯然，蘇輕語有些生氣了。

「這……怎麼回事？」

突如其來的變故，頓時使得周奇和趙野臉色大變。

周奇說：「你們是誰？這裡可是大周皇朝皇都，本官是禮部尚書周奇，你們這是找死。」

周奇震驚不已，當即知曉自己踢到鐵板了，駭然說道，希望眼前一群人能夠有所顧忌。

「轟！」

然而下一刻，他的兩條腿突然自燃。

「啊……」周奇一個不慎，當即被聖火燒焦了皮肉，慘叫一聲，趕忙催動靈力抵抗，「你們……不要殺我，是不是有什麼誤會？一定有什麼誤會！」

「啊……」

伴隨著蘇輕語雙眸中的火苗跳動，周奇雙腿的聖火越來越旺盛，一股肉被燒焦的氣味瀰漫而出。

數息間，周奇便是扛不住，被聖火燃燼。

「啊……」

緊接著，聖火包裹他的上半身。他瘋狂掙扎，臉色痛苦萬分，彷彿置於烈火煉獄之中。

隨即，蘇輕語並沒有繼續拖下去的意思，玉手前伸，一把完全由聖火組成的利劍在其手中凝聚而成……

「噗！」

然後，火劍直接刺入慘叫不斷的周奇嘴中。

「呃呃呃……」周奇瞳孔驟然放大，滿臉驚懼。

下一刻，無數火苗從其顱腔內竄出。

看起來，就好像他的七竅在噴火一般。

他的臉，變得通紅，甚至開始變得通透，然後變得薄如紙張。最後，大火徹底將其臉燒乾，將其徹底吞噬，死！

周奇躺在地上，徹底死去，而他的身旁，那兩位護衛，也是徹底殞命，沒有任何的反抗餘地。

這一幕，說時遲那時快，等到趙野反應過來之後，周奇三人已然全部被殺。

他心頭駭然，哪裡還敢反抗？直接轉身就逃。

然而，蘇輕語豈會放過他？

剛剛，他的那些話，蘇輕語可都是記著呢。

頓時，一堵火牆攔住趙野的去路。

趙野身為通靈境後期強者，實力還是極為強勁的，當即便是催動磅礡而又精純的靈力，想要硬破這堵火牆。

「噗！」

然而，就在此時，蘇輕語修長的蔥蔥玉指微微一彈，隨即一抹血芒轉瞬消失，再次出現時，已然刺穿了趙野的右腳腳筋。

「噗、噗、噗！」

隨即，又是三道幾乎不分先後的入肉聲響起，趙野的左腳腳筋以及雙手手筋全部被切斷。

「砰……」他逃竄的身體，頓時癱軟在地。

「轟。」

然後，這堵火牆，彷彿坍塌一般，直接壓在他的身上。

「啊……」

這一切發生的極快，趙野淒厲的慘叫聲，終於傳出。

「靈器，你竟然擁有靈器。你……你們到底是誰？我可是靈雲宗使者。你們知不知道自己在做什麼？你們難道要和靈雲宗對抗？」

趙野慘叫著，他此時極度後悔來到了東域，這裡給他的感覺比中域還要可怕。這裡……不是只有大周皇朝這麼一個靈雲大陸的二流勢力嗎？怎麼有這麼多強者？連靈器都出現了？

「你還真是愚蠢。」王大寶再次開口，說道，「到現在還沒有猜出來我們是誰？給你這個提示，你來東域，得罪了誰，不知道嗎？」

聞言，趙野一邊竭力對抗著聖火，一邊竭力思考，終於想到了什麼，瞳孔驟然放大，難以置信地看著眼前一群人，說道：「妖火！」

「你們……你們是萬界錢莊的人，你們竟然敢殺到大周皇朝的皇都這邊來，難道不怕死嗎？」

與此同時，蘇輕語可不會讓其好過，血刃不停地穿透趙野的身體。讓其結結實實地感受到了，什麼叫萬刃穿身。

「噗嗤。」

傷口處，剛有鮮血噴湧而出，便是被聖火灼燒殆盡。

「啊……」趙野一邊說著，一邊慘叫，生機在快速流逝，在靈器面前，他毫無抵抗之力。

看到此時的趙野，陳凡不由得想到了一個詞，千瘡百孔。

同時心中一凜，果然，惹到女人，是不明智的。女人狠起來，男人都要靠邊站。

「我當然怕死，可是……我死不掉啊！」此時的王大寶，繼續說道，「你們誰能殺得了我？」

「你？還是大周皇朝的其他人？」

「啊……放過我，我再也不敢針對萬界錢莊了！我……啊……你們讓我幹什麼都行……啊……」

趙野在死亡的恐懼下，卑微如喪家之犬。

「從你得罪我們莊主的那一刻起，你就注定了要死。本來你可以死得很痛快，結果你非要自己找死……口嗨一波，得罪了蘇使者，弄成現在這樣，我也幫不了你啊。」王大寶聳了聳肩，表示自己無能為力。

「恩人，我能不能親手殺了他。」

眼看著趙野奄奄一息，隨時可能斃命，一直沒有說話的舞女，突然開口。

「可以。」蘇輕語點頭，也知道不能耽擱太久，當即玉手一擺，隨即聖火從趙野體內湧出，返回她的血紅色長袍之上。

「是妳。」趙野有氣無力地說道，他認出了舞女。

「沒錯，是我。」舞女緩緩從王大寶手裡接過一把利刃，然後一步步走向趙野，說道，「你毀了我的人生，害死了我的妹妹。」

「她是我在這個世間，最後的親人。為什麼？為什麼你要逼死她。你高高在上，玩弄我們姐妹的時候，可曾想過有今天？」

濃郁的怨念，近乎實質，開始從舞女體內暴湧而出。

「不要……不要殺我……」趙野乞求道。

「去死吧、去死吧、去死吧！」

下一刻，她面目猙獰，雙手握著利刃，狠狠將其刺入趙野的心臟。

舞女瘋狂地捅刺，一次又一次，鮮血噴濺在她的臉上、身上，她彷若未知，依舊在瘋狂的捅刺，鮮血混雜著碎肉，場景十分血腥。

「啊……」

慘叫聲越來越小，直至消失，死！

趙野無論如何也想不到，堂堂靈雲宗使者，高高在上的存在，最後竟然會死在一名舞女手中。

「咯咯……」

隨即，舞女笑了，那笑容如同惡魔一般，異常瘋癲，異常可怖。

「噗！」

某一刻，她直接將匕刃對準自己的脖頸，狠狠抹去。

「妳……」王大寶臉色一變，剛想阻止，但卻已經晚了。

「砰。」

舞女躺在血泊之中，也是就此死去。

她的人生已經被毀，親人也是被殺，她失去了活下去的信念。

「轟。」

隨即，聖火將舞女包裹，連其骨灰都是徹底燃盡。

至於趙野，他的屍體就這麼放著，無人理睬。

「走吧，去殺姬寒。」安忠國轉身離去。

眾人從剛剛的情緒中抽離，當即跟上。

剛剛眾人交手的動靜，早已經嚇跑了下方參加花魁盛會的眾人，此時的萬花樓，空無一人。

而就在眾人剛剛走出萬花樓的那一刻，大批大周皇朝的軍隊圍了上來，同時數道強橫的氣息，也是將眾人鎖定……

第二章

火鳳凰再現

「敢在皇都鬧事，你們還真是好大的膽子。」

領頭之人，滿臉的絡腮鬍，化靈境初期修為，是負責這一片區域的將軍，官職不大，但卻背景深厚。

畢竟，這片區域的油水很足，能在這裡當差的，都是各方角逐之後的勝者。

此時，他一臉興奮和狂傲地盯著安忠國等人。

「剛瞌睡，就有人來送枕頭，還真是及時啊。」

他剛任職不久，正需要功勞來穩固地位，沒曾想就有人來送人頭、送功勞，這等好機會，又豈會放過？

「抓起來！」

根本不給安忠國等人說話的機會，他直接大手一擺，下達了逮捕的命令。

「把他抓來，引路前往太子府。」安忠國開口。

他們來到大周皇都，人生地不熟，需要一個嚮導，尤其是現在，時間緊急，哪有時間去問路？

隨即，劍瞎子一人一劍，徑直衝向這位絡腮鬍將軍。

他催動星極步，身形晃動，輕鬆避開衝上來的士兵，然後在絡腮鬍駭然變色，下意識地想要拔刀抵擋之前，已然近身。

絡腮鬍將軍甚至沒有看清楚劍瞎子的劍，便是被挑斷了兩隻手的手筋，同時被劍尖抵住了喉嚨。

「你……你們膽敢殺我？我……」

絡腮鬍將軍滿臉惶恐，下意識地搬出背後的勢力，以期讓敵人忌憚。

「帶路。」劍瞎子卻直接將其打斷，他可沒時間聽其廢話。

「啊？」絡腮鬍將軍一愣，什麼意思？

「去太子府。」劍瞎子道。

「啊？」

絡腮鬍將軍一驚，他顯然看出了這群人來歷不明，是一群危險分子，如果帶他們去太子府，到時候這群人對太子意圖不軌，他哪裡還有活路？

「噗！」

然而，劍瞎子直接前遞利劍，刺破其肌膚，鮮血隨之溢出。

「好、好，我帶你們去。」

感受到喉結處傳來的疼痛和刺骨的寒意，他頓時明白了自己的處境，哪還有考慮的機會？先保住命再說。

隨即，他帶路，眾人跟上。

只是，這傢伙故意放慢了腳步，意圖拖延時間。

「砰！」

王大寶何等精明，第一時間便是看了出來，一腳踹了過去，說道：「沒吃飯啊？再磨蹭，我可就要動刀了。」

絡腮鬍將軍頓時不敢再耍小心思，趕忙全速前進。

「有人攔路。」這一刻，安忠國突然開口，「是剛剛那幾道強橫的氣息。」

「老安，什麼級別的實力？」王大寶問道。

「通靈境初期，一共三人。」安忠國說道。

「我來，殺不死他們，我直接買塊豆腐撞死算了。」

王大寶當仁不讓，當即鎖定已然毫不猶豫釋放通靈境氣息的強者，然後暴掠而出。

他是通靈境中期強者，身上資源無數，正適合對付這三名通靈境初期強者，他深知自己的實力有限，眼下就是最好的出手時機。

再等下去，更強大的人出現，他恐怕又沒有出手的機會。到時候，這次任務結束之後，他寸功未立，莊主會怎麼想？

「砰。」

以一敵三，王大寶仍舊占據絕對的上風，只是……想要殺死這三位通靈境初期強者，豈是那般容易？硬生生地拖住了王大寶。

「太慢了。」安忠國搖頭。

聞言，王大寶心塞不已，寶寶已經很盡力了。

「轟！」

蘇輕語再次出手，火焰精靈竄出，在空中，幾個騰躍，便是轟然撞向這是三位通靈境初期強者。

「妖火！小心。」

這三位通靈境初期高手，臉色驟變，感受到了死亡的壓力，當即全力抵抗。

隨即，王大寶抓住機會，迅速出刀，將三人全部砍殺。

整個過程，摧枯拉朽。

絡腮鬍將軍臉色驟變，進一步感知到了身後這群人的強悍，當即變得更加乖巧了，而周圍的大周皇朝子民，看到這一幕，也是微微一驚。

本以為這群人在大周皇都鬧事，很快就會被鎮壓下去，現在看來……事情好像遠沒有想像中的那般簡單。

這群人到底來自哪個勢力？如此強悍、如此大膽。

「放肆！敢殺我大周強者，觸犯我大周國威，死！」

隨即，暴喝聲響起，又是數道身影暴掠而出。

「兩名通靈境中期強者。兩名通靈境初期強者。」

感受到這恐怖的氣息，王大寶瞳孔一縮，後退一步。

「死！」

這次，安忠國眉頭一皺，親自出手。繼續拖延下去，他們恐怕還沒抵達太子府，就會徹底陷入包圍當中，提前開啟大戰。

沒有任何耽擱，安忠國直接催動一枚五品神力符籙，一掌一個，瞬息間，將其全部拍死。

眾人再次前進。

「啾啾。」

而且，黑翎羽雕以及其餘飛行獸，也是飛來。

眾人一躍而上，開始朝著太子府快速逼近，既然已經被發現，那就不必隱藏行跡，速戰速決。

「攔住他們！」

又是一道暴喝聲響起，這一次，一道通靈境後期氣息以及四道通靈境中期氣息還有八道通靈境初期氣息沖天而起。

「大周皇朝的底蘊，果然強大。」陳凡淡淡地看著這一幕，開口說道，「安忠國他們，要麻煩了。」

這十三道強橫氣息，暴掠而來，速度極快，眼看著就要在安忠國等人抵達太子府之前，將他們攔住。

「那個人就是大周太子——姬寒。」

正在此時，秦政大喝一聲，遙指太子府高臺之上的一道身影。

「斬！」

安忠國雙眼一凝，掌中靈力匯聚成刀，狠狠劈下，恐怖的刀氣，席捲而出，沿途甚至還在不停地吸納天地靈氣，聲勢浩大。

通靈境後期的全力一擊，恐怖如斯。

太子府，姬寒看到這一幕，竟是不閃不避，而是雙眼一凝，臉色陰沉地說：

「是萬界錢莊。」

「好大的膽子，竟然敢殺入我大周皇都，那就……全都留下吧。」

安忠國這一擊，威力甚巨，他可是半隻腳踏入御靈境的強者，尋常通靈境強者，根本接不下他這一擊。

「嗡！」

然而，就在此時，太子身旁，突然出現一位中年人，一身灰色長袍，看起來平平無奇，但透露而出的氣息，卻是絲毫不弱於安忠國。

只見得，他單掌推出，掌心處不知何時出現螺旋狀靈力漩渦。

然後，這螺旋狀靈力漩渦瘋狂吞噬天地間的靈氣，迅速變大。

「砰！」

再然後，雙方攻勢相撞，灰色長袍中年人螺旋狀靈力漩渦在接觸到安忠國那恐怖的刀氣時，驟然開始旋轉，然後竟是開始吞噬刀氣周圍籠罩的天地靈氣。

而與此同時安忠國那恐怖的刀氣，也在瘋狂摧殘著對方的螺旋狀靈力漩渦。

僵持，雙方的攻勢，頓時陷入短暫的僵持之中。

都在瘋狂消耗著對方的力量。

螺旋狀靈力漩渦在瘋狂顫抖，彷彿隨時可能崩潰，而恐怖的刀氣，則是越來越淡，甚至趨向於透明。

「嗡。」

某一刻，刀氣徹底消散，螺旋狀靈力漩渦也是隨之崩潰，雙方竟是打了個平手。

「交出姬寒，大周可存。」安忠國雙眼一凝，盯著這位灰袍中年人，開口說道。

「萬界錢莊果然如同傳聞那般，霸道至極。」灰袍中年人負手而立，平靜地說道：「只是，我大周之底蘊，遠不是你們想像的那般簡單，貿然殺入大周皇都，未免太托大了。」

而此時，那十三位通靈境強者已然將安忠國等人團團圍住，殺氣四溢。

「你是萬界錢莊莊主？」周太子姬寒，冷冷地盯著安忠國，開口問道。

「對付你們大周，莊主還用不著出手。」王大寶搶過話頭，直接開罵，「姬寒，你身為大周太子，是不是要為大周子民考慮？是不是要為大周皇室考慮？」

「做人不能太自私。」

「你什麼意思？」姬寒眉頭一皺，不明白王大寶的意思。

「你要是為大周子民、大周皇室考慮，就乖乖地自盡，以免大戰起，生靈塗炭，大周皇室被滅。到時候，你可就是大周的千古罪人。」

王大寶說道：「也不怕告訴你們，此行，我萬界錢莊只有兩個目的。第一個，便是殺了你和趙野。趙野已死，你還不去陪他？在這浪費空氣呢？」

「你……找死。」

姬寒臉色一沉，即便城府極深的他，聽到王大寶的話，也是忍不住火冒三丈，心頭憤怒。

「王叔，我要他死！」隨即，他猛地看向一旁的灰袍中年人，喝道。

「好。」

灰袍中年人點頭，然後踏出高臺，彷彿在走天梯一般，一步步向高空，周身氣息也是越來越恐怖，如同一頭正在覺醒的獅王。

然後，他再次伸出手掌，螺旋狀靈力漩渦再現，而這次對準的卻是王大寶。

瞬間，王大寶便是渾身一凜，彷彿被死神凝視一般，然後……他果斷地來到安忠國身後。

「你的對手是我。」安忠國氣息狂湧，閃身迎了上去。

「動手！」

與此同時，其餘十三位通靈境強者，也是紛紛出手，狂猛地攻勢，彷若匹練一般，呼嘯而來。

「踏。」

隨即，蘇輕語前踏一步，當空而立，一身血紅色長袍隨風而起，火焰精靈跳躍而出，彷彿活潑好動的孩子。

其周身氣溫開始火速飆升，瞳孔之中的火苗開始跳動，她要一人獨戰諸強。

淡漠地望著這十三道滔天攻勢，她悍然無懼，朱唇輕啟，緩緩吐出四個字：

「聖火燎原。」

「轟。」

火焰精靈瞬間竄向四方，速度極快地撞向這十三道恐怖的靈力戰技。

以一敵眾，不落下風，天階高級功法的威力，可見一斑。

「全力出手！」

「天龍掌。」

「赤火拳。」

「冰寒勁。」

十三位通靈境強者，背靠底蘊深厚的大周，催動的戰技，竟全都是地階。

一時間，火焰精靈開始有些吃力，閃爍不定，隨時可能熄滅。

「嗡。」

下一刻，蘇輕語瞳孔中的火苗瘋狂竄動。

「轟！」

然後，其周身瞬間燃起滔天大火，然後向著四周傾瀉而下，就彷彿瀑布一般，瞬間燃起漫天大火。

「啾啾。」

黑翎羽雕隨即帶領著其餘十八隻飛行獸，振翅高飛。

這等恐怖的火勢，一旦波及牠們，除了黑翎羽雕還可以扛一扛，其餘十八隻飛行獸和劍瞎子等人，必然被當場火化。

此時，下方的大周子民，仰頭看著這遍布方圓數公里的漫天大火，一時間驚駭欲絕。

這是什麼手段？竟然能夠憑空生出大火，而且熾熱無比，尤其是那位身穿血紅色長袍的女子，彷彿太陽一般，竟然灼灼生輝。

「刷。」

下一刻，他們突然瞳孔放大，因為……蘇輕語的玉背，竟然生出兩個翅膀，火焰翅膀。

巨大，美麗，聖潔，高貴。

一連串的詞語，在眾人腦海中浮現，他們甚至不禁想到了仙女。

「這是從天上下來的仙女嗎？」有人驚呼出聲。

而與此同時，那本來即將熄滅的火焰精靈，瞬間得到了源源不斷的補充，燃燒的越來越旺盛，開始灼穿面前恐怖的攻勢。

「是靈力，這是靈力之火。她一定是修煉了極其玄奧高級的功法，竟然能夠將靈力轉化為妖火，焚燒萬物。」

那位通靈境後期強者，雙眼一凝，臉色凝重不已。

蘇輕語的強大，完全超出了他的想像。

本以為會是碾壓之局，未曾想竟然被她一人擋住了他們十三位強者的聯手。

「繼續下去……我們會率先扛不住的。」

這般想著，他當即雙眼一凝，雙眼露出一抹瘋狂，然後雙掌上下翻轉，速度極快，迅速結印：「赤虎。」

「吼！」

隨即，其頭頂竟是凝聚而出一隻吊額赤虎，體型龐大，異常威猛，一聲長嘯，震懾天地。

再然後，他猛地噴出一口精血，赤虎氣息再次飆升，身體凝實，威風八面。

下方，大周子民，紛紛匍匐在地……

見狀，其餘十二位通靈境強者，紛紛一咬牙，也是照做。

「花豹！」

「白狼！」

一時間，十三位通靈境強者，竟然頭頂都是浮現一隻隻靈獸。

「去！」

聽到主人的命令，這十三隻靈獸，仰天長嘯，隨即一躍而起，張開血盆大口，直接將火焰精靈一口吞下。

「吼！」

然後，這十三隻靈獸，在赤虎的帶領下，竟是踏著聖火，狂奔而來。

「能夠凝聚靈獸？」

「這是祕法吧？等級恐怕不低，應當是達到了地階中級。」

感受到蘇輕語的處境，陳凡淡淡說道：「蘇輕語現在的實力，可擋不住這一波攻勢。」

他看著蘇輕語，似乎能夠透過她高冷的容顏，看出她此時的想法。

「突破。」眉頭一挑，陳凡當即吐出兩個字。

而同一時間，蘇輕語的美眸微微一凝，她感受到了死亡，這種感覺，她已經很久沒有體驗過了。

下一刻，她竟是閉上了眼睛，在生死危機的刺激下，她靜心去感知，抓住那一瞬即逝的契機。

「嗡。」

說時遲那時快，僅僅只是一瞬之間，蘇輕語周身氣息便是暴漲而起。

「通靈境後期。」

經過近兩個月的修煉，她終於再次突破，達到了通靈境後期。

「吼！」

與此同時，十三隻靈獸，已然撲來。

火焰翅膀猛地閃動，蘇輕語身形迅速拔升，眨眼間便是拉開公里距離。

「烈火弓，凝！」

隨即，她低喝一聲，手中出現火焰凝聚而成的長弓，右手一伸，一支火焰組成的箭矢出現在掌心。

拉弓射箭。

一支支火箭劃破天際，直奔十三隻靈獸而去。

「突破之後，蘇輕語對於聖火心法的掌控，越來越隨心所欲，能夠隨意凝聚心中所想之物，隨時應變。」

陳凡不由得點了點頭，他知道，這十三隻靈力所化的靈獸，要死了。不僅如此，這十三位大周皇朝的通靈境強者，也要死了。

「不錯。」他對蘇輕語的表現，頗為滿意。

火箭入體，靈獸慘叫，隨即，驟然爆炸，灑下漫天火焰，彷彿綻放的煙火。

「不可能！獸靈訣可是大周皇室祕法，同階無敵，即便她臨場突破，也不過是通靈境後期強者，怎麼可能瞬間滅掉我等所有靈獸？」

「天階功法。她的功法達到了天階。」

這一刻，十三位通靈境強者紛紛失聲驚呼，尤其是猜測到蘇輕語修煉的功法達到天階之後，更是駭然失色。

天階功法，即便是在中域，都是極其罕有的功法吧？那可是真正的立足之根本。

強大如靈雲宗，也不過是只有一本天階功法，作為鎮宗之用。眼前這名女子，怎會擁有？

「萬界錢莊的強大和神祕，遠不是你們能夠想像的，死！」

蘇輕語美眸一冷，再次凝聚出一支火焰箭矢，對向了眾人。

「小心。」

眾人神色一凝，紛紛如臨大敵，不少強者更是直接催動身法，來回閃躲，以免被蘇輕語射中。

「凝。」

然而下一刻，無數火焰鎖鍊生成，彷若毒蛇一般，快速竄出，竟是直接將眾人的手腳綁上，限制他們的移動。

「嗖。」

玉指一鬆，一支火焰箭矢破空飛去，直接將其中一位通靈境初期強者射殺。

「砰！」

不出意外，他的身體在火焰箭矢刺入身體的那一刻，轟然爆炸，化作血肉煙火，盛開於這片天空。

一時間，這些原本高高在上的通靈境強者，此時卻彷彿待宰的羔羊一般，一動不動，被蘇輕語一一點殺。

「救命，救命啊！周皇，救我！」

這些通靈境強者，紛紛狼狽大呼。

「住手！」就在此時，一道低喝聲驟然在眾人耳邊響起，聲如洪鐘，使得所有人心頭一震。

「御靈境強者。」

陳凡眉頭一皺，第一時間便是知道——周皇出手了。

下一刻，一隻遮天大手突然在大周皇宮深處伸出，一掌碾碎剩餘幾位通靈境強者身上的鎖鍊，然後震碎射來的火焰箭矢。

「殺我大周皇朝的強者，你們都留下吧。」

周皇再次開口，隨即這遮天大手，狠狠拍向蘇輕語以及王大寶等人。

一瞬間，眾人便是感覺到周身上下彷彿被壓了一座山，竟是動彈不得。只能眼睜睜地看著這遮天大手，狠狠拍下。

「啾啾。」

就在此時，黑翎羽雕仰天長嘯，渾身羽毛乍起，一股上古氣息溢出。

「嗯？覺醒了上古血脈的黑翎羽雕？萬界錢莊，果然出人意料，底蘊遠超想像，本皇真的想見一見你們莊主。」周皇的聲音再次響起。

「你、還、不、配！」

就在此時，安忠國當即怒喝一聲，一字一句地說道，隨即身形一閃，赫然脫離和灰袍中年人的戰場，閃身來到蘇輕語等人身前。

隨即黑翎羽雕突破，通靈境後期的氣息，暴湧而出，振翅高飛，欲破蒼穹。

然後是蘇輕語，瞳孔內的火苗快速跳動，火焰翅膀瘋狂搧動，周身大火漫天，再然後是安忠國，一拳搗出，氣息狂暴。

三位通靈境後期強者，全力出手，迎向這遮天一擊。

「萬界錢莊，舉世無雙。」

這個時候，王大寶也是強硬的擺脫周身壓力，大吼一聲，竟是出人意料的也是面對這遮天大手，選擇了全力出手，這和他平日裡的形象，大相徑庭。

「殺！」

四人的全力出手，分擔了絕大多數壓力，使得劍瞎子和秦政也是紛紛身上一輕，然後也是紛紛出手，萬界錢莊，沒有懦夫。

「殺、殺、殺！」

最後是諸葛宇這一百單八將士，也是齊喝一聲，悍然出手。

下一刻，眾目睽睽之下，雙方的攻勢，悍然相撞。

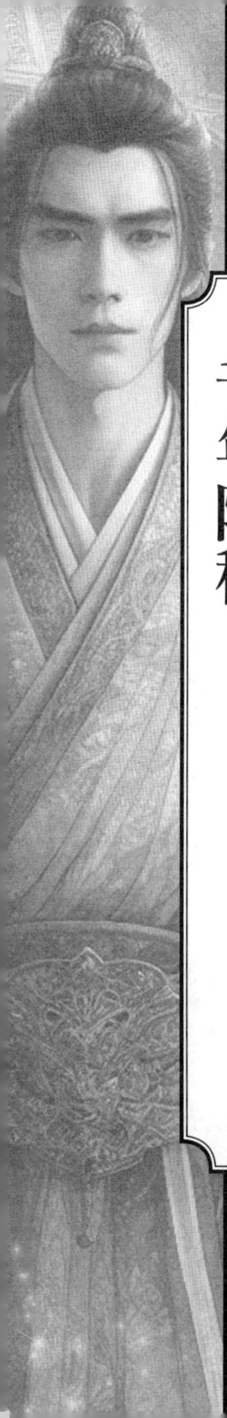

第三章 千年隱秘

「砰！」

攻勢相撞的那一刻，巨大的靈力波動漣漪，朝著四面八方席捲而開。所過之處，彷彿經歷了一場龍捲風般，被破壞得一塌糊塗。

「噗——」

王大寶一口老血噴出，胖臉一陣痛苦，其他人也是紛紛臉色一白。

周皇隨手一擊，便是壓制了萬界錢莊所有人，雖然未曾出現重創乃至死亡情況，但是其實力之恐怖，也是可見一斑。

只是……

「噗！」王大寶再次吐出一口鮮血，有些鬱悶地看著安忠國等人，吐槽道，「為什麼你們都沒事，只有我一個人吐啊吐的？」

「因為你腎虛。」安忠國罵了他一句，然後當即身形一閃，來到諸葛宇等人面前，低喝一聲，「血戮之陣，列陣殺敵。」

諸葛宇等人當即列陣，恐怖的殺氣，瞬間便是在頭頂凝聚成一柄巨型長刀——滅世刀。

「刷！」

緊緊地抓住滅世刀，安忠國心中大定，死死地盯著大周皇宮深處喝道：「再來！殺你，本王一人足矣。」

灰袍中年人冷喝一聲，雙掌伸出，竟是出現兩個螺旋狀靈力漩渦，一黑一白，交相輝映，殺氣四溢。

顯然，這是他的一個強大戰技。

「逍遙王，你去殺了其他人，他交給我。」

周皇的聲音響起，然後再次凝聚一隻參天巨掌，而且這次，給人的壓力，顯然要更大。

「噗！逍遙王。」王大寶再次鬱悶地吐出一口鮮血，然後死死地盯著這位灰袍中年人，「你這個卑鄙無恥的傢伙。」

灰袍中年人眉頭一皺，將目光投向了王大寶。

「看什麼看？你一個靠女人崛起的傢伙，算什麼男人？」

王大寶繼續狂罵，神祕洞穴內，殺死牧璃前輩的那個卑鄙小人，就是逍遙王周乾，也是他的仇人。

這個仇，他必報！

只是……他有些弱了。剛剛的那一擊，所有人都在分攤壓力，根據實力不同，分攤的壓力也是不同。

按理說，他也不應該傷重到吐血，之所以會這樣，完全是因為他自身戰力無法承擔分攤的傷害。

此時，他得知逍遙王的戰鬥力竟然能夠和老安單對單打成平手，頓時知道，自己不是其對手，所以……

他看向蘇輕語，說道：「蘇使者，這傢伙為了借女人變強，殺死了同樣喜歡那個女人的兄弟，這麼垃圾的人，是不是該殺？」

「跟我有什麼關係？」蘇輕語反問。

王大寶感覺再次受到了萬點暴擊：「呃……妳們女孩子不都喜歡聽這些八卦嗎？不都痛恨這種八卦裡的壞人嗎？」

如果蘇輕語不幫他，他可打不過周乾，剛剛罵了一波，豈不是在自己找死？

「我殺他，只是因為他阻礙了我完成殺死姬寒的任務。」蘇輕語淡淡說道。

「呼……」

聞言，王大寶鬆了一口氣，不管你出於什麼原因，能幫忙殺了周乾就行。

「可笑的謊言。」周乾想到了什麼，眼神深處隱晦地劃過一抹狠厲，神色卻是異常的平靜，冷笑著說道。

然後，不給王大寶繼續叨叨逼的機會，身形一閃，狂攻而來。

「你的對手，是我。」

蘇輕語雙眼一凝，徑直迎了上去。

「砰、砰！」

雙方開始大戰，王大寶當即跑到一旁，然後繼續囂張的吼道：「可笑嗎？我覺得你更可笑。」

「你為了得到一個女人，想要殺了同樣愛這個女人的牧璃前輩，不。應該說是更愛這個女人的牧璃前輩。」

「而你，只是為了那個女人背後的勢力。那個女人背後的資源。你知不知道，你這麼做，毀了兩個人的幸福？毀了兩個人的一生？」

「不對，是兩個人的兩生。」

「閉嘴！」聞言，周乾瞳孔一縮，仍舊強行穩住心緒，冷喝道，「簡直是胡說八道。」

「牧大哥死了？周乾，牧大哥是被你殺的？」

就在此時，一名青衣女子御空而來，氣質斐然，雍容華貴，當即柳眉倒豎，質問周乾。

「他在胡說八道。憐兒，不要相信他。」

聞言，周乾氣得想要吐血，因為被分散了注意力，頓時被蘇輕語找到機會，差點燒傷。

見狀，王大寶小眼睛微微一閃。當即添油加醋地說道：「我怎麼胡說八道了？我可是得到牧璃前輩傳承的天才。而且，我要是胡說八道，你慌什麼？」

「周乾，你的心已經亂了。你明明能壓制蘇使者的，卻差點被燒傷，你在心虛什麼？」

「可笑的推理。」

周乾深吸一口氣，憑藉著深沉的城府，再次穩住情緒，反駁道：「牧兄，君子也。怎麼可能有你這樣的無賴徒弟。」

「周乾，你在躲避我的問題。你還是沒回答我，你在心虛什麼？」

王大寶在嘴皮上可是從來沒吃過虧，豈會被周乾糊弄過去。

「周乾，你騙我！牧大哥突然消失，竟然跟你有關？還有牧家的覆滅，肯定跟你脫不開關係。」

被稱為憐兒的女人，異常失望的盯著周乾，情緒變得激動：「你騙了我整整一千年。」

「憐兒，他在撒謊！目的就是想要亂我心。這些年，我何曾騙過妳？妳一定要相信我，我願意用我的武道發誓。」

周乾的態度異常誠懇，臉色堅決。

「這……」

憐兒柳眉一皺，想起周乾以往的種種，頓時俏臉含疑。

見狀，周乾心中一鬆，正欲趁熱打鐵，王大寶豈會給他機會，當即冷笑一聲，說道：「周乾，人在做天在看。」

「你以為自己勝券在握了？能夠掩蓋住這彌天大謊？看看這是什麼？」

隨即，他將一塊玉佩拿出，然後看向憐兒，問道：「前輩，這玉佩正是牧璃前輩貼身之物，妳應該見過吧？」

看到玉佩的那一刻，憐兒美眸一縮。一直穩如泰山的周乾，卻是終於臉色一變，心中慌亂，以至於，原本壓制蘇輕語的局面，瞬間被逆轉……

「周乾，你是不是還想說，這是偽造的？或者是我湊巧在路邊撿來的？」

「我還有！憐兒前輩，這個雕刻著『璃』字和『憐』字的夜琉璃，妳熟悉嗎？還有這個短刃……」

一時間，王大寶又是拿出了幾十件東西。

「這些全都是我送給牧大哥的東西。」

當即，憐兒眼中浮現水霧，嬌軀發顫：「他……他竟然還留在身邊。」

王大寶繼續發揮：「牧前輩生前留言：一花一世界，一葉一追尋，一曲一場嘆，一生為一人，憐兒，妳我下輩子再為夫妻。」

「前輩，牧前輩所說的憐兒，就是您吧？」

聞言，憐兒當即泣不成聲。

陳凡無語，牧璃說過這些話？

很顯然，是王大寶這傢伙在瞎扯。不過，看起來效果還不錯……

「大寶，你終於有點用了。」

陳凡終於找到了王大寶的價值所在。

「不！嗚嗚……」此時的憐兒，再也忍不住內心的悲痛，大哭出聲，「牧大哥，原來你到死還記著憐兒。」

「憐兒竟然還以為你不辭而別，心中沒有憐兒了呢。是憐兒錯怪你了。嗚嗚……」

看得出來，這位憐兒前輩，是個對愛情異常專一之人，即便和逍遙王在一起這麼久，竟然還心心念著牧璃前輩。

「不可能！他早就應該死了才對。」

周乾看著這些東西，徹底慌了，以至於無意間說錯了話。

「你怎麼知道牧璃前輩早應該死的？」王大寶當即捕捉到了周乾話語中的漏洞。

周乾神色一滯。

「轟！」

然後，直接被蘇輕語用聖火燒到了灰袍，頓時狼狽不堪，要不是他實力強勁，第一時間護住周身，恐怕會更慘。

「我……你這是故意曲解我的意思。」周乾再次深吸一口氣，竟是又一次穩住了心中的慌亂，開口爭辯道，「本王行的端坐的正。」

「憐兒，妳別聽他胡說，他這是在挑撥離間。我和牧兄的關係一向親如兄弟，怎麼可能做出這等人神共憤的事情？」

聞言，王大寶眉頭一挑，顯然沒想到周乾竟然能夠再次穩住情緒，甚至在和蘇輕語的戰鬥中，開始慢慢扳回了局勢。

「這樣下去，可不行。」

王大寶小眼睛裡閃爍了一下，他覺得有必要再添一把火。

「憐兒前輩，牧前輩還說了，讓妳忘了他，跟妳愛的人，好好過一輩子，他和妳來世再見。」王大寶再次開口。

「不！我不愛他。牧大哥，我愛的人是你、是你啊！」

聞言，憐兒的情緒當即爆炸了：「周乾，你這個畜生。是你害了牧大哥，我一定告知家父，嚴厲懲戒於你。讓你去陰間，為自己的罪過贖罪。」

說出了內心深處，最真實的情感。

這一刻，周乾好不容易穩住的心緒，瞬間炸裂，臉色當即陰沉無比。如果真如憐兒所說，他的一切努力，都將付諸東流，甚至會牽連大周皇朝，他將會成為大周皇朝的罪人。

「閉嘴！妳這個賤女人。」

「柳憐兒，本王整整疼愛了妳一千年，妳卻一直忘不掉牧璃那個死人。本王與妳同床異夢，甚至無數次聽見妳在夢中呼喊牧璃的名字。」

「憑什麼？憑什麼？本王哪裡不如他？」瞬息間，周乾性情大變，周身氣息竟是變得詭異起來，「既然妳這麼愛他，那就去地獄陪他吧。」

「玄魔功！」

他心中低喝一聲，然後氣息大變，周身竟是被黑色的氣息籠罩，整個人都是變得邪異而又癲狂起來。

緊接著，他的氣息開始飆升，很快突破成為御靈境。

「御靈境強者。」見狀，王大寶胖臉瞬間一抖，鬱悶地說道，「不是吧？我口嗨了一陣，怎麼敵人的實力還變強了？」

隨即，他毫不猶豫地後撤。

「玄魔功，魔界玄功。」

陳凡眉頭一皺，他一直出入百科全書的世界，掌握的知識異常豐富，當即便是想到了什麼，冷然道：「數萬年前，魔界入侵人界，兩界大戰。」

「靈雲大陸東域自然也不可倖免於難。後來，人界慘勝，魔族退卻。未曾想，玄魔功竟然留了下來。」

「怪不得，周乾早已經達到通靈境後期，卻遲遲未能突破，原來……他在研究玄魔功。」

「看來，蘇輕語他們……有危險了。」

與此同時，周乾身形一閃，一把掐住了柳憐兒的玉頸，將其提在空中：「去死、去死！」

「周……乾……你……你……」

柳憐兒俏臉憋得通紅、發紫，但卻沒有任何的恐懼和求饒，她的眼中，只有失望，濃濃的失望。

原來，她嫁了一個如此陰險毒辣的男人，好在……

她臨死前，還能得知牧大哥的心意，足夠了。

「牧大哥，憐兒來找你了。」

「爆。」

柳憐兒閉上了眼，但是手中卻是不知何時，拿出了足足十枚五品神爆符籙，即便是死，她也要盡最大努力，幫牧大哥報仇。

「砰、砰！」

下一瞬，恐怖的爆炸驟然響起。

雖然是在高空爆炸，但是整個皇城都是為之一顫，所有人駭然變色，嚇得癱軟在地，眼睜睜地看著這恐怖的爆炸席捲而來。

五品神爆符籙，一枚便可炸死通靈境後期強者，除非擁有五品神盾符籙或者其他極其強悍的防禦手段。

現如今，柳憐兒直接引爆了十枚五品神爆符籙，其破壞力，可想而知。

「妳這個瘋子！」

即便是突破成為御靈境的周乾，都是臉色大變，周身魔氣瘋狂翻湧，然後瞬間被爆炸吞噬。

「轟！」

下方，皇城內的建築，大片倒塌，哀鴻遍野。

「小心，拿著！」

王大寶當即將乾坤袋裡的五品神盾符籙拿出數枚，然後分發給身旁不遠處的秦政和劍瞎子。

雖然劍瞎子和秦政距離爆炸中心較遠，但是因為實力較弱，也扛不住這等爆炸。

至於王大寶……

蘇輕語在看到柳憐兒手中出現十枚符籙的那一刻，便是火焰翅膀瘋狂搧動，身影狂退，來到了王大寶三人身邊。

此時的王大寶，將兩枚五品神盾符籙交給劍瞎子和秦政之後，猛地一咬牙，竟是將身上的最後一枚五品神盾符籙，遞給了蘇輕語，自己則是催動四品神盾符籙。

「蘇使者，周乾不一定會死，趁此機會，殺了他！」

隨即，王大寶大喝一聲，再沒了之前的嬉皮笑臉。

聞言，蘇輕語美眸一縮，意外地看了一眼王大寶，然後當即接過五品神盾符籙，再然後身形一閃，撲向了爆炸中心。

同時，她雙眸之中的火苗，開始迅速放大，轉瞬間，她的整個眼球都是被火焰覆蓋，異常妖異。

「轟！」

緊接著，她周身有著狂猛地火焰湧出，雙手上下翻轉，彷彿在編織著什麼。

而伴隨著她的動作，玉手之間的波動也是越來越恐怖。

爆炸餘波很快便是波及到她，然而她卻將周身所有力量，全部集中在掌中漸漸編織成型的火焰蓮花，完全依靠五品神盾符籙來防禦。

數息工夫後，爆炸結束，整片天地都是為之一靜。

「噗！」王大寶那肥碩的身軀，重重砸落在地，吐出一大口鮮血，氣息瞬間萎靡不堪。

而反觀秦政、劍瞎子，即便是在五品神盾符籙的保護下，也是受了不輕的傷，臉色發白，不過並未吐血。

「啾啾。」

黑翎羽雕也是頗為狼狽，不過卻憑藉著超級變態的防禦力，並未受傷。

「噗！為什麼吐血的總是我。」

王大寶拚盡全力也要吐槽了，隨後徹底沒了力氣。

秦政和劍瞎子分列左右，將其保護起來。

「哈哈……」

正在此時，突然一道狂笑聲響起。

「可笑，御靈境的強大，遠非妳能想像的。妳這個賤女人，還想殺死本王。，妳和牧璃一樣愚蠢。」

隨即，一道渾身縈繞著黑色魔氣的身影踏空而立。

此人，正是周乾，御靈境的強大，可見一斑。

只不過，他此時的氣息飄忽不定，周身魔氣淡化了許多，顯然十枚五品神爆符籙對他還是造成了不小的傷勢。

「你這樣的畜生……還是死了最好。」

隨即，蘇輕語身影暴掠而至，玉手之間，一朵火焰蓮花，已然盛開。

恐怖至極的能量波動傳出，讓人心悸不已。

「妳……妳想幹什麼？」見狀，周乾臉色劇變，瞳孔驟然一縮，「妳這個妖女，住手！」

「火蓮花，去！」

然而，蘇輕語豈會聽他命令？

玉手輕抬，火蓮花以極快的速度，飛向周乾。

雙方的距離很近，火蓮花的速度又是極快，周乾根本躲閃不及。

「不，妳也會死的，快停下！」周乾轉身就逃，同時瘋狂催動著體內的魔氣，身上的神盾符籙也是當即用出。

「砰。」

下一瞬，火蓮花猛地炸開。

恐怖的爆炸再次發生，無數火焰朝著四面八方飛落，遠遠望去，竟是如同一朵盛開的巨大蓮花。

而且威力，竟是絲毫不弱於剛剛那十枚五品神爆符籙的威力。最關鍵的是，這火蓮花的力量更加集中。

「啊！」

周乾發出絕望的慘叫聲，然後，徹底被湮滅——死！

原本以為祭出自己的後手，突破成為御靈境層次，能夠奠定勝局，結果未曾想……接二連三的變故，竟是使得他反被炸死，異常的憋屈。

與此同時，在送出火蓮花的一瞬間，蘇輕語便是搧動火焰翅膀，快速遠離，在爆炸波及而來的時候，火焰翅膀直接將其包裹，同時體內也是湧動而出大量的火焰，將其護在其中。

另外……

「嗯？五品神盾符籙？」

王大寶本來還在擔心蘇輕語會被炸死，結果……他在這一刻，看到蘇輕語拿出了一枚五品神盾符籙，頓時瞪大了眼睛，滿臉無語：「妳竟然有？那為什麼還要我的？」

「噗！」隨即，他直接吐了一口血，也不知道是氣的，還是情緒太過激動，牽動了傷勢。

「五品神盾符籙。」就在此時，劍瞎子和秦政也是紛紛拿出一枚五品神盾符籙，然後毫不猶豫地催動。

見狀，王大寶連吐三口血，他直接氣暈了過去。

「呃……這是莊主臨走前，給我們的。」秦政解釋道，「王使者，你沒有嗎？我們還以為主人多給你了，然後你才分給我們的。」

「噗。」已經氣暈過去的王大寶，不知道怎麼回事，又是吐了一口鮮血，奄奄一息了。

頓時，秦政不敢再說話了，而是和劍瞎子並排將王大寶護在身後，幫其抵擋這爆炸的衝擊。

「啾啾。」

黑翎羽雕見狀，也只能非常嫌棄地張開翅膀，將王大寶護住。王大寶的身體猛地一抽，心靈彷彿受到了一萬點暴擊傷害，被摧殘的很厲害……

很快，爆炸結束，一片狼藉。

蘇輕語活了下來，不過卻嘴角溢血，傷勢慘重，俏臉慘白，火焰翅膀也是徹底消失，體內靈力耗盡，站立不穩，從高空墜落。

「啾啾。」

接連遭受兩次爆炸傷害，已經受傷不輕的黑翎羽雕，也只能強忍疼痛，振翅高飛，將其接住。

「上，他們都已經重傷在身，戰力大損，殺死他們。殺一人者，賞靈石百萬，官升三級！」正在此時，一身狼狽的姬寒突然竄了出來，然後大吼道。

他豈會放過這等好機會？

隨即，大批大周將士，瘋狂湧向蘇輕語等人。

被周皇從蘇輕語手中救下來的一位通靈境後期強者、三位通靈境中期強者，也是緩過勁來，再次撲了上來。

形勢，瞬間急轉直下。

黑翎羽雕、劍瞎子以及秦政，當即將蘇輕語和王大寶護在身後，臉色凝重，準備拚死一戰。

「這裡是大周皇朝，是我姬家的地盤，你們這些萬界錢莊的人，都要死、都要死！」姬寒陰冷地說道。

這群萬界錢莊的人，竟然殺了逍遙王，更是使得大周皇都被大肆破壞，不將他們殺了，以後大周皇朝還怎麼震懾整個東域？

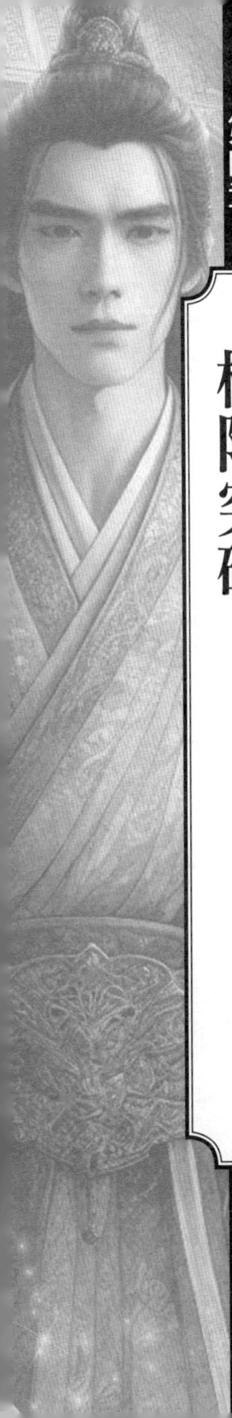

第四章

極限突破

「啾啾。」

黑翎羽雕獨戰那位通靈境後期強者以及其餘三名通靈境中期強者。

劍瞎子和秦政，則是迎戰那蜂擁而至的大周將士。

「嗡。」

王大寶繼續昏迷，蘇輕語則是盤膝而坐，對周圍的危險視若不見，全力運轉功法，恢復體內靈力。

「噗！」

很快，秦政便是被一名化靈境初期實力的將軍，一刀砍中。

「哼！」

他猛哼一聲，趕忙催動四品神盾符籙，此時，活命要緊。

「四品神力符籙、四品神行符籙！」

「殺！」

秦政和劍瞎子兩人，紛紛不要錢似的催動這些符籙，數息工夫，便是殺敵數百餘人，滿地的屍體，場面極其血腥。

「秦政，我來對付化靈境層次的高手，你來對付化靈境以下實力的武者。」劍瞎子開口。

他的星極步和靈劍訣，全都是地階高級，威力巨大，戰力全開之下，可戰化靈境高手，如果催動四品符籙，戰力將會再次飆升。

由他來對付化靈境高手，是最好的選擇，可是……

他低估了大周皇朝的底蘊。這裡是大周皇朝的皇都，人才輩出，化靈境高手數不勝數，你殺了一個，還有十個，殺了十個，還有一百個。

何況，劍瞎子也根本不可能有實力去殺十名化靈境高手。

「噗！」

僅僅只是數息工夫，他便是被一劍刺穿了腹部。

伴隨著時間的推移，越來越多的化靈境高手圍了過來，形勢也是越來越危急，兩人的傷勢也是越來越重。

不到一分鐘的時間，周圍便是匯集了十八名化靈境高手。

這一刻，劍瞎子和秦政危在旦夕，兩人根本扛不住這麼多化靈境高手的同時進攻。

「殺！」

沒有任何的憐憫，沒有任何的廢話，進攻，再次發起。

「嗡。」

就在秦政和劍瞎子即將倒下的那一刻，陡然間天地變色，彷彿落日黃昏，隨即……漫天血芒從天而降。

這些化靈境高手以及方圓萬米的大周皇朝將士，全部被血芒刺中，從頭頂百會穴，一直貫穿而下，數萬將士，瞬息間倒下。

死，詭異，寂靜。

一萬公尺之外的大周皇朝將士，看到這一幕，駭然變色，哪敢踏前一步？

「靈器，是靈器！萬界錢莊竟然擁有靈器？」

姬寒臉色一變，顯然未曾想到萬界錢莊竟然擁有靈器。

「嘩——」

其他人聞言，當即譁然一片。

靈器，整個東域只有大周皇朝擁有，作為鎮國之物，一把靈器，便可造就一域之主。未曾想，萬界錢莊竟然也擁有一把。

「破！」

與此同時，高空中的另一處戰場，安忠國突然暴喝一聲，周身氣息陡然暴漲，御靈境。

「什麼？」周皇臉色一變，「萬界錢莊的人都是一群妖孽嗎？竟然接二連三的在戰鬥中突破。」

「滅世刀。」

隨即，安忠國手握滅世刀，氣勢再漲，直衝天際，竟是穩壓周皇一頭。

之前，在蘇輕語大戰周乾的時候，兩人便是一直在交手，借助血戮之陣和滅世刀，安忠國的戰鬥力與周皇相差無幾。

不過……那個時候的他，只能固守，周皇擁有著絕對的進攻主動權。

現在……

「墨雨劍！」

這一刻，周皇臉色劇變，他感受到了死亡，當即毫不猶豫地低喝一聲。

「嗡。」

隨即，一道劍鳴聲響起，緊接著風雲匯聚，天空陰暗。

「下雨了？」所有人一愣，「嗯？怎麼是黑色的雨？」

當所有人發現從天上落下的雨，竟然是黑色的的時候，紛紛感受到了詭異、感受到了莫名地壓抑。

「啊！」

然後，當第一個人被黑色的雨滴滴中時，竟是直接被滴穿身體。

緊接著，越來越多的慘叫聲響起。

「水滴石穿，這黑色的雨，是劍意？」

陳凡雙眼微微瞇起，說道：「有意思，一柄劍，竟是能夠自主誕生劍意。只是……周皇似乎無法完全掌控這柄墨雨劍。竟然出場就是殺了這麼多人。」

而且，被殺的這些人，都只是普通人，都是大周子民。

「斬！」

看到這般血腥殘忍的一幕，安忠國眉頭倏然皺起，他不敢大意，直接冷喝一聲，隨即，巨型滅世刀，悍然落下，直接封鎖周皇周身所有退路。

與此同時，這無數黑色的雨滴，彷彿叢林中的獵手，嗅到了血腥味，發現了食物，竟是瘋狂朝著滅世刀飆射而去。

這些黑色的雨滴狂猛地進攻著巨型滅世刀，發出金屬碰撞特有的「鏗鏘」聲。而伴隨著時間的推移，巨型滅世刀竟是漸漸變得虛無。

強悍的攻勢，在迅速被瓦解，抵消。

「劍意與殺意的較量，本是不分勝負，只不過……」

陳凡淡淡說道：「靈器集天地之精華而生，又被無數資源和強者蘊養，到底要更勝一籌，滅世刀的威力……差了點。」

就在此時，一道血芒劃破天穹，直刺墨雨劍本體。

「二打一，這才有勝算。」

陳凡看著飆射而出的血刃，點了點頭。

血刃也是靈器，威力同樣不俗，配合著殺意凝聚而成的滅世刀，對付這詭異的墨雨劍，完全不成問題。

下一刻，墨雨劍和血刃開始纏鬥在一起。

因為墨雨劍需要分神去對付滅世刀，所以並不能全力對付血刃，以至於自身被血刃徹底壓制。

很快，墨雨劍便是只能將釋放而出的無窮劍意收歸體內，頓時，漫天黑雨消散，墨雨劍和血刃這才打得旗鼓相當。

只是……周皇卻是瞬間處於死境。

「死！」

安忠國雙眼一凝，當即重新凝聚滅世刀，然後狠狠劈向周皇。

周身再次被鎖定，駭然驚呼：「老祖，救我。」

「唉！」

正在此時，一道輕嘆響起，彷彿重錘一般，狠狠砸在所有人的心頭，不少人當即臉色劇變，嘴角溢血……

「御靈境中期。」

這一刻，安忠國臉色一凝。

御靈境中期雖然比御靈境初期只是高一個級別，但是御靈境層次每一個級別的差距，都是天壤之別。

蘇輕語感受到這恐怖的威壓，也是不由得俏臉一凝，至於秦政和劍晧子，更是臉色凝重不已，甚至有種喘不過氣的感覺。

至於王大寶……

不知道怎麼回事，昏迷的他，哆嗦了一下，然後繼續沒了動靜。

小羽無語地看了他一眼，知道這傢伙絕對在裝昏迷。

牠也無暇去吐槽，死死地盯著大周皇宮深處，隨時準備全力出爪。

「不愧是鎮壓東域萬載的皇朝，底蘊之深厚，遠超想像。」

見狀，陳凡不由得眉頭一挑，自己的這些手下，已經表現得足夠優秀，只是……局勢一變再變，現如今已經有些脫離了掌控。

「嗡嗡。」

正在此時，小青突然竄出，圍繞著陳凡瞬間轉了幾百圈，然後碰了碰陳凡，劍尖朝著陳凡面前的畫面，戳了幾下。

這些畫面，正是安忠國、蘇輕語、王大寶等人的視角，每人一個畫面，彷彿監控畫面一般。

這是系統的一個方便之處，可以遠程監控。

當然，王大寶因為在昏迷之中，所以畫面是黑乎乎的一片，什麼也沒有。也因此，小青能看到此時大周皇朝皇都發生的一切。

「怎麼？手癢了？你也想去？」感受到小青傳來的情緒波動，陳凡眉頭一挑，不由得開口問道。

「嗡嗡。」

小青趕忙點了點劍尖。

「去吧。」

隨即，陳凡直接同意了。

小青一愣，然後猛地戳向蘇輕語所在的畫面，顯然，它想要和墨雨劍以及血刃過過招。

只是……

「嗡嗡。」

它怎麼可能直接進入畫面當中？直接從中穿過去了。

它疑惑的看向自己的主人，彷彿在說：怎麼回事呢？主人。

「哈哈……」見狀，陳凡笑了起來。

「嗡嗡。」

小青頓時明白怎麼一回事了，不忿的震顫起來——主人壞。主人是壞蛋。欺負小青。小青那麼乖，那麼可愛，主人竟然還欺負小青。

小青還是個孩子啊，主人怎麼能下得去手。

「咳咳……」感受到小青的委屈，陳凡尷尬的咳嗽了兩聲，然後趕忙說道，「很快，你就會進去的。」

「安忠國他們，要敗了，小青最後壓軸出場，碾壓群雄，豈不威武？」

「嗡嗡。」

小青當即表達快樂的情緒：那是、那是！小青最威武了。

不對，小青不喜歡威武這個詞，小青喜歡英姿颯爽。

「呃……」陳凡一愣，小青不會是雌吧？

「等等，靈器產生的靈智，也會分雌雄？」

他覺得，自己前段時間從百科全書那裡得到的知識儲備，有些少了。

因為他不知道該怎麼解釋這個現象。

「看來，我的知識點有盲區啊。接下來還需要繼續努力學習。」

「老祖，這些人都是萬界錢莊之人，在大周皇朝大肆殺戮，必須嚴懲。」

姬寒察覺到老祖出手，當即臉色狂喜。

剛剛接二連三的大起大落，使得他整個人都是七上八下的，完全沒了底氣，但是老祖的出關，卻是讓他信心大增。

這是大周皇朝，真正的頂梁柱，定海神針。

「萬界錢莊？不過是疥癩之患，不值一提。寒兒，冰寒訣修煉的如何了？你天生寒冰體質，最適合修煉冰寒訣，能夠完美繼承我的衣缽。」

大周老祖再次開口，卻是在關心姬寒的事情。

顯然，他對姬寒非常重視，而且……他完全沒有將安忠國等人放在眼裡。

「回稟老祖，寒兒已修煉至小成之境，目前遇到了些許困惑。」

姬寒恭敬回覆，心中萬分欣喜。老祖在天下人的面前，表露出對他的重視，這傳遞了什麼信號？不言而喻。

「不錯，至於你的困惑……老祖幫你解開，用心感受。」

話音落下，方圓數萬米的溫度，驟然下降數十度。

「阿嚏！」

「好冷啊！」

「怎麼回事？快看，下雪了？六月飄雪！」

所有人仰頭看向天空，漫天雪花飄落，看起來異常魔幻。

「寒意……殺意，小心！」

安忠國卻是臉色大變，當即緊握滅世刀，嚴陣以待。

「冰雹！下冰雹了。快躲起來。」

「啊！」

情景驟然一變，無數冰雹開始從天而落，劈里啪啦的砸在眾人身上，劇烈的疼痛感，使得很多人都是慘叫出聲，狼狽地躲在建築物下。

情景再變，無數冰凌形成，彷彿銳利的箭矢，從天垂落，速度越來越快，殺傷力也是越來越恐怖，彷彿萬箭齊射。

秦政和劍瞎子當即瘋狂揮舞著手中的兵器，將垂射而來的冰凌，紛紛擊碎。

只是……

「速度越來越快了。而且，這些冰凌似乎都在朝著咱們進攻，小心！」

下一刻，原本自然垂落的冰凌，突然轉變方向，開始朝著眾人襲來。

「墨雨劍、冰寒訣，進攻方式一模一樣，二者果然契合。」

看著這一幕，陳凡淡然道：「或者說，經過上萬年的相處，雙方已經徹底磨合好了。如果是這位大周老祖持有墨雨劍進攻，恐怕威勢更加恐怖。」

「嗡嗡！」

一旁的小青透露出不屑的情緒：這算什麼，看小青把它們統統爆錘一頓。

讓它們知道，為什麼花兒那樣紅。

陳凡安撫：「不急，安忠國還能應付。」

話音剛落，安忠國已然低喝一聲，滅世刀狠狠劈出。

「噗。」

驚人的刀氣，狠狠劈向大周皇宮深處。

「凝。」

一聲低喝響起，隨即無數冰凌開始匯聚、融合。

轉瞬間便是形成一把巨型冰刀。

「乒。」

然後，滅世刀和巨型冰刀狠狠對撞在一起，發出刺耳的金屬碰撞聲。

滅世刀隨之一頓，殺意狂湧，卻始終無法寸進一步。

不過，巨型冰刀顯然也無法取得領先，雙方竟然陷入短暫的僵持……

「血戮之陣的威力，果然巨大，竟然能夠幫助剛剛突破至御靈境初期的安忠國，硬抗禦靈境中期強者的一擊，而不落下風。」

陳凡不由得點了點頭，再一次肯定了血戮之陣的威力。

而且，他知道……血戮之陣的潛力，尚未被挖掘完畢。

人數、實力、殺意，都是影響血戮之陣威力的重要因素。

「哼。」

然而，看到這一幕的大周老祖，卻是冷哼一聲。

情況並未按照他的預想進行，有些出乎他的預料，而他，很不喜歡這種脫離掌控的感覺，所以……

「千里冰封！」

他低喝一聲，隨即，方圓千里之地，溫度再降。

然後竟然以肉眼可見的速度開始結冰。

甚至一些實力弱小的平民，直接被當場冰封，死！

「千里冰封，萬里雪飄，安忠國要敗了。」

陳凡雙眼一凝。

下一刻，巨型冰刀的刀身之上，竟然有著一條冰龍雕刻其上，當雕刻成功的那一刻，整個巨型冰刀陡然凝實了數倍，發出陣陣龍吟，威勢大漲。

「屠龍冰刀，殺！」

大周老祖當即低喝一聲，然後巨型冰刀直接將滅世刀斬斷。

恐怖的刀勢，迎風而漲，狠狠劈向安忠國以及其身後的一百單八將士。

沿途連空氣都是凝固，一抹刀芒，劃破天際，帶起萬米冰幕，瞬息間來到安忠國等人身前。

就在此時……

「嗖！」

一劍東來，天地再次變色，彷彿換裝秀一般，從純白色換成了青色。

下一瞬，眾目睽睽之下，一柄修長的細劍，攜帶漫天青芒，和屠龍冰刀狠狠對撞在一起。

一大一小，一白一青，形成鮮明的對比。

「喀嚓。」

隨即，屠龍冰刀被直接砍斷，甚至沒有任何的停滯和僵持。

「這……不可能。屠龍冰刀竟然被破了？」

姬寒臉色再變，這次竟是生出無力感，心中滋生無邊的恐懼。

周皇等人也是紛紛臉色大變。

「萬界錢莊莊主佩劍——青釭劍。」

隨即，劍瞎子大喝一聲。就在剛剛那一刻，他進入萬界錢莊系統之中求救，莊主只是給了他一柄青劍，然後一出萬界錢莊系統，這柄劍便是直接掙脫他的掌控，徑直迎向了屠龍冰刀。

他自然是相信莊主的實力，但卻萬萬沒想到，這看起來普普通通的青劍，竟然是一柄靈器，而且看起來，威力超乎尋常的大。

一劍，斬斷屠龍冰刀。

「此戰，尚未結束，墨雨劍，來。」

大周老祖踏空而出，墨雨劍也是擺脫血刃，被其握於手中，其整體氣勢再次暴漲。

緊接著，他催動冰寒訣，墨雨劍劍身之上，再次浮現熟悉的龍形雕刻。

龍吟聲出，響徹天地。

隨即，一劍刺出。

一旁的血刃催動漫天血芒，剛想幫忙，因為它感受到這墨雨劍的威力，暴漲了數倍。

然而，小青興奮的嗡鳴一聲，直接阻止了血刃，然後猛地旋轉，速度越來越快，漫天青芒開始瘋狂匯聚，轉瞬間便是形成巨型龍捲風。

這是青芒形成的巨型龍捲風，威力深不可測。

「這不是小青經常繞著我轉圈圈的動作嗎？這都能創造一門戰技？不愧是靈器之王。」

陳凡看到這一幕，不由得眉頭一挑，顯然對於小青的悟性很滿意：「這一招，就叫青龍捲？不好聽，還不如叫豆花捲。」

與此同時，青芒形成的巨型龍捲風，快速移動，和攜帶著無盡冰凌的墨雨劍狠狠對撞在一起。

下一瞬，天地一靜，緊接著，無盡冰凌被瘋狂破壞，墨雨劍被吞噬，消失在青芒形成的巨型龍捲風內。

「不！」

大周老祖臉色大變，隨即，整個冰雪世界開始崩潰。

大周老祖受到重創，當場吐出大口鮮血。

然後，青芒形成的巨型龍捲風撞向他，將其撕碎、分解，死！

「嗖。」

青芒形成的巨型龍捲風繼續前進，席捲大周無數將士，無一人倖免，全部被撕碎。

周皇倉皇逃竄，他的實力在御靈境初期層次，但也是被資源堆上去的，本就戰力不足，正常戰鬥，存在感極低。

然而，小青仍然沒有放過他，將其追上，然後撕碎。

「不要殺我！我是三品天賦，是寒冰體質，我願意加入萬界錢莊當學徒。當奴隸也行，我願意將冰寒訣拿出來，只要你們不殺我。」

看到這驟變的一幕，姬寒倒也果斷，也不逃走，直接跪伏在地，瑟瑟發抖。

萬界錢莊的恐怖，瘋狂衝擊著他的自信，此時已經徹底將其自信撕成了碎片。

連老祖和父皇都是被殺，連鎮國靈器都是被吞噬，此時的他，終於知道自己招惹了一個什麼樣的存在。

所以，他這一跪，完全服氣。

「姬寒，現在知道我萬界錢莊的厲害了吧？你是大周太子又如何？你爹是天子，你老祖更是大周最強之人，不一樣被我們萬界錢莊碾壓？」
「這還是我們萬界錢莊莊主沒有出手的情況下。」
一道熟悉的聲音響起，王大寶咳嗽了兩聲，然後起身諷刺。
所有人無語，說好的昏迷了呢？
「咳咳……那個……我剛巧甦醒了，你們說巧不巧？」
王大寶尷尬地解釋了一句，眾人紛紛翻了白眼，懶得吐槽。
「各位萬界錢莊的前輩，我認識到自己的錯誤了。不該和萬界錢莊作對，更不該想著站在靈雲宗那一方，咱們都是東域的勢力，我應該站在萬界錢莊這邊。我自斷一臂，以表內心的悔恨！」
說著，姬寒直接將自己手臂斬斷，異常的果敢。
內心，他也很苦澀，也不想這麼幹，但是……命更重要。
他想通過自殘，來減輕萬界錢莊的憤怒。
「以後，大周皇朝以萬界錢莊為首，唯命是從。」
隨即，他再次開口，態度極其誠懇。
見狀，安忠國等人顯然沒想到姬寒竟然會有此舉，紛紛眉頭一皺……

第五章

誓滅萬界錢莊

「先帶我們去拆了大周的傳送陣。把虛空之梭和築基之臺拿過來，我們萬界錢莊要用。至於你能不能活下來，看你表現。」王大寶擺了擺手，開口說道。

聞言，安忠國等人望了一眼王大寶，顯然對他的自作主張，有些不滿。

莊主已經明確說了要殺死姬寒，你有什麼資格將其赦免？最起碼也要稟報莊主，讓莊主來決斷。

不過眼下得到虛空之梭和築基之臺更重要，這是莊主任務之一，必須完成。

「是，多謝王使者。」

姬寒臉色大喜，趕忙起身引路。

隨即，眾人跟上。

片刻後，一座中型傳送陣出現在眼前，看起來非常尋常，但是傳出的空間波動，卻是讓眾人不由得神情一凜。

「這裡就是大周的傳送陣，我只知道怎麼發動，不清楚怎麼拆除。」姬寒恭敬地說道。

「我來。」安忠國踏前一步，直接催動靈力，掌中憑空凝聚而出一把鋒利的戰刀，然後狠狠劈向這座中型傳送陣。

「嗡！」

然而，戰刀在觸及傳送陣的範圍時，陡然間被陣法之力撕碎。

「傳送陣自帶防禦，很難直接破壞，必須找陣法大師來破陣。」姬寒開口建議道。

下一刻，小青嗡鳴一聲，然後陡然間青芒一閃，再然後……傳送陣突然傳來巨大的顫動。

所有人瞳孔一縮，這神祕的靈器，威力大的讓人恐怖，安忠國御靈境初期實力都未能撼動傳送陣分毫，結果這把靈器卻是一劍將其破開。

「別破壞築基之臺和虛空之梭。」王大寶當即低喝道。

聞言，青芒一斂，小青停止進攻。

「轟！」

隨即，傳送陣崩潰，築基之臺和虛空之梭卻是完好無損的落在地上。

姬寒當即身形一閃，將圓柱形、如同白玉般的築基之臺和像極了扁舟似的虛空之梭撿起，然後雙膝跪地，單手托起，進獻給王大寶。

不得不說，他的表現極佳。

「不錯。」

王大寶將築基之臺和虛空之梭收起，然後點了點頭，稱讚道：「不愧是大周太子，果然很有眼力見。」

「王使者以及諸位使者，滿意就好，若有其他吩咐，姬寒定然全力辦到。」

「現如今，以我的身分和地位，在大周皇朝還是很有話語權的。」姬寒諂媚地說道。

周皇已死，大周老祖也是身死，他身為大周太子，是最合法也是最合理的繼承人，現在的大周，是他的。

「國庫裡有不少好東西，要不要給貴莊搬去？」姬寒繼續開口，竟是主動將大周皇朝國庫裡的東西獻出。

要知道，大周皇朝的底蘊何其豐厚？國庫裡必然有著不少好東西。

「好啊。」

王大寶當即答應下來，有錢不賺王八蛋。

何況，國庫裡的東西，肯定更值錢。

「不行。」安忠國這次卻是出言反對，說道，「咱們此行的目的已經全然達到，不要節外生枝。」

「萬界錢莊，只按規矩辦事，想要資源，只能從莊主那裡得到。任務完成的好，莊主自會獎勵給我們資源。任務完成的不好，那就什麼也得不到。」

他之前在大韓統帥軍隊，一向嚴於律己、公平公正，一切按照規矩辦事、遵守軍令。

現在，依然如此。

此時，萬界錢莊系統內，陳凡看著這一幕，不由得點了點頭，說道：「安忠國說得沒錯，萬界錢莊想要發展壯大，必須有嚴格的獎罰制度。」

「尤其是伴隨著使者、學徒的數量越來越多，就更需要合理、嚴苛的制度來管理。否則的話，終究會亂套。」

安忠國的話，給他提了個醒，等到這次任務歸來，他就要著手安排此事。當領導，必須體恤下屬，獎罰分明，這樣才能使得下屬更加賣命，不消極怠工，這簡單的道理，他還是明白的。

「呃……老安，你太死板了，跟你說不通，要不咱投票表決吧？」

王大寶也不給安忠國說話的機會，當即看向蘇輕語，說道：「蘇使者，妳覺著呢？那可都是好東西啊，妳……」

蘇輕語直接閉上了眼睛，態度不言而喻。

「呃……秦政、劍瞎子，你們呢？」

王大寶繼續爭取。

「我不需要。」劍瞎子果斷搖頭，秦政也是如此。

「你們……白拿的東西，為什麼不要？是不是傻？」

王大寶無語地吐槽，隨即他還是不死心，說道：「要不咱們問一下莊主？」

「那你需要耗費一枚萬界令牌。」秦政說道，「莊主發放的萬界令牌，是有限制的，這次用了……不知道下次什麼時候才能得到。」

「這可是保命的好東西，王使者，你確定要用掉？」

「我……」

王大寶頓時收起了萬界令牌，這東西用一次，就廢掉了。想要再次進入萬界錢莊系統，必須得到新的萬界令牌。

他自然也不捨得隨便用掉。

以後如果遇到危險，還能靠它進入萬界錢莊裡躲一躲，讓莊主救他一命呢。

換句話來說，這就是他的另一條命。相比較於命來說，資源什麼的……自然也就沒有那麼重要了。

「不要了。」王大寶只能強忍著內心的渴望，不情願的拒絕了。

「王使者，我現在能活了嗎？」姬寒趕忙問道。

「我心情不好，所以……」

王大寶直接從乾坤袋裡掏出一把匕刃，將其捅入姬寒的心臟。

這突如其來的舉動，讓所有人都沒想到，尤其是姬寒。

「王使者，這……為什麼？」

他滿臉驚駭和疑惑：我表現得不好嗎？為什麼還要殺了我？

「斬草需除根，這個道理我還是懂的。」王大寶的胖手拍了拍姬寒俊俏的臉，說道，「男兒膝下有黃金，你能毫無骨氣的背叛大周，向我們跪下，以後就能毫無骨氣的背叛我們，向更強大的敵人投誠。」

「你說我們留著你幹麼？給自己添堵嗎？」

「你……」

聽到王大寶的話，姬寒氣得吐出一大口鮮血，沒想到自己都這麼低聲下氣了，還是被無情殺死。

「還有，你剛剛也聽到了。莊主安排給我們的任務是必須殺了你，所以……你根本不可能活下來的。」王大寶再次開口。

「那你……為什麼答應我？」姬寒滿臉憤恨。

聞言，王大寶當即嗤笑一聲，說道：「你是三歲小孩嗎？我說你就信啊？」

「噗！」

姬寒再次氣得吐出一大口鮮血。

「終於有人吐血，我不吐血了。」

見狀，王大寶滿意地點了點頭。

剛剛的戰鬥，一直都是他在吐血，鬱悶死了。

現在看到姬寒可勁的吐血，心裡別提有多痛快了。

「你……你們……」

聞言，姬寒怨毒的目光掃過王大寶等人，說道：「大周皇朝的天才，在中域有很多強者，他們一定不會……不會放過你們萬界錢莊的。」

「還有靈雲宗，你們殺了趙野，靈雲宗也絕對不會善罷甘休，我在黃泉路上等著你們。」

說完，姬寒的生機便是徹底流逝。

「你等一下，先別死。」

王大寶趕忙說道：「你少說了一件事：趙野發布宗門召集令後，整個東域絕大多數靈雲宗弟子都是殺向了靈雲山之巔，然後被我們萬界錢莊全殺了。」

「所以，靈雲宗肯定會更加憤怒，估計他們宗主，都能氣得渾身冒煙。」

「你……噗！」

姬寒直接氣得一蹬腿，雙眼瞪得滾圓，死不瞑目。

眾人無語。

「走吧，趕回萬界錢莊，復命。」安忠國說道。

隨即，眾人乘坐飛行獸，返回萬界錢莊。

萬界錢莊，覆滅大周皇室。陣斬大周老祖、周皇、逍遙王三位御靈境強者以及十餘位通靈境強者，擊潰鎮國靈器——墨雨劍。

這些消息，瞬間以大周皇都為中心，朝著四面八方散播開來，速度極快。

畢竟，在這大周皇都之內，有著各國使者。發生了如此大事，必然是竭盡全力，將消息傳回各自的王朝。

所有人都知道……東域，要變天了。

「今日，當滅大周，殺！」

親率大軍攻伐大周的明皇——朱天龍，得知此消息後，面露狂喜之色，當即下達全軍進攻的命令。

萬界錢莊，恐怖如斯，一人未死，便是滅掉大周最強的一批戰力，抽掉了大周皇朝的頂梁柱。

現在，大周皇朝已經轟然倒塌，正是分蛋糕的好時候。

「恭喜陛下，賀喜陛下。」

隨即，朱武等一眾重臣猛將，紛紛大喜，高呼出聲。

「朱武，你這萬界令牌，換的值了，哈哈……」明皇仰天長笑。

朱武神情振奮，明皇如此誇讚於他，意味著什麼？不言而喻。

本來他用兩條靈脈換一枚萬界令牌，很多朝中大臣都對他很不滿意，明皇只是勉勵了他幾句話，並未有其他表示，他一直很忐忑。

現在，他終於可以鬆一口氣了。

「萬界錢莊，果然恐怖。」

此時，他內心深處，也震撼於萬界錢莊的強橫實力。

翻手滅國，問鼎東域。

與此同時，整個東域各國，也紛紛有所動作。

大楚、大晉、大吳以及其他支持大周皇朝的那些王朝，此時紛紛慌得一批，派遣使者，帶著大批禮物，前往靈雲山之巔，想要賠罪，以免萬界錢莊將怒火，發洩到他們身上。

還有一些原先中立的王朝，也紛紛派遣使者前去靈雲山之巔，想要和萬界錢莊修好。而大明、劍王朝這些原先站在萬界錢莊這邊的國家，卻沒有派遣使者前往靈雲山之巔，因為……

他們知道萬界錢莊莊主，不見外人，極其神祕，而且……

當他們得知萬界錢莊，根本沒有去碰大周皇朝的國庫時，更是心頭一震，意識到萬界錢莊莊主，是何等的高傲。

根本沒有將大周皇朝看在眼裡，又豈會在意那些趨炎附勢之輩？

他根本不需要任何人的奉承，更不需要那些王朝送去的資源。

在東域，除了以上王朝之外，還有一些王朝，選擇了沉默，彷彿沒有得到這個消息一般。

這其中，以大秦為首，秦皇，仍舊按兵不動。

「靈雲宗以及大周皇朝在中域的觸角，不可能坐視此事不管。」

「真正的風暴，才剛剛來臨。」秦皇負手而立，眺望著靈雲山之巔的方向，自語道，「政兒在萬界錢莊當學徒，以後萬界錢莊如果能夠取得最後的勝利，大秦也不會覆滅，甚至會更加繁榮昌盛。」

「我現在不表態，如果靈雲宗取得最後的勝利，那麼……大秦還有周旋的餘地。到時候……政兒，就別怪父王心狠手辣、大義滅親了。」

「一切，為了大秦。」

顯然，他在做兩手準備，兩邊下注。

無論哪邊贏，大秦都不至於覆滅。

消息開始繼續擴散，不知過了多久，終於傳到中域、傳到靈雲宗。

頓時，所有人都是將目光投向靈雲宗，想要看看靈雲宗會有什麼動作。

靈雲宗，靈雲大陸一流勢力，建宗十萬年，底蘊極其深厚，宗內培養出來的強者如雲。

執法堂、執事堂、靈藥堂等各堂堂主，實力都在御靈境層次。

長老會的十大長老，最弱的都是皇靈境強者，其宗主實力，更是深不可測。

這樣的龐然大物，小小東域的勢力，竟然也敢招惹？簡直就是找死。

「看來……靈雲宗許久沒有出手，世人已經忘記了我們的強大。」

「正好，趁此機會，向世人展露我靈雲宗的力量。」

「讓世人知道，我靈雲宗之威，不是隨便什麼小蝦米都能招惹的。」

靈雲宗內，弟子紛紛議論。

「嗖！」

正在此時，一道身影御空而來。

這是一名中年人，一身鎏金黑袍，其氣息恐怖，神色威嚴，不怒自威。

「這不是執法堂雷堂主嗎？難道雷堂主要親自出手？」

「不可能吧？對付區區萬界錢莊，何須雷堂主親自出手？靈雲榜上的十大弟子，任何一人，都足以解決萬界錢莊吧？」

靈雲榜，靈雲宗最具權威的榜單。

針對靈雲宗內所有弟子進行排名，只取其前百名。

但凡能夠上榜之人，在靈雲宗都是絕對的天才、佼佼者，實力至少也是通靈境初期層次。

而排名前十的天才……已然被稱為妖孽，無一不是御靈境後期的強者。

因此，在靈雲宗弟子看來，靈雲榜排名前十弟子，足以處理一域事務。

「萬界錢莊敢殺我靈雲宗之人，罪無可恕，必須以雷霆手段滅之。」

執法堂雷堂主語氣平靜地點出一個人的名字：「楚長風。」

「在。」楚長風當即閃身而出，一身白衣，面如冠玉，負手而立，神色之中透著高傲。

「竟然是楚長風。」

「楚長風，中域楚家之人，大長老的祕傳弟子，靈雲榜排名第二的頂尖天驕，御靈境後期強者，由他前去，必然能夠手到擒來。」

「楚師兄出手，萬界錢莊必滅。」

一時間，議論聲驟起。

「楚長風，你去。周雲楓輔之，你二人以最快的速度滅掉萬界錢莊，一個不留。」雷堂主開口道。

「雷堂主，以周雲楓的實力，還不夠格和我楚長風一起行動。」

聞言，楚長風卻是眉頭一皺，說道：「對付區區萬界錢莊，我一人足矣。」

在他看來，對付萬界錢莊，就彷彿是解決一隻蒼蠅般簡單。

「嘩！」

「楚長風竟然看不起周雲楓。周雲楓，出身於大周皇朝，內門第一，靈雲榜排名第十八的弟子，御靈境中期。」

「他的實力，已經很強了吧？」

「強嗎？我可是聽說大周皇朝的老祖宗，同樣是御靈境中期，還持有一柄靈器。結果還是被當場殺死。他不過是御靈境中期，能有多強？」

靈雲宗弟子，眾說紛紜，不過大都站在楚長風這邊，不願意得罪楚長風。

畢竟，楚長風無論實力還是背景，抑或是人脈，都遠不是周雲楓可比。

「周雲楓，你可有話說？」雷堂主目光投向平平無奇，隨便扔在人堆裡，都很難找出來的周雲楓，開口問道。

他本人是頗為欣賞周雲楓的，據他所知，周雲楓在十年前，和其餘八位大周皇朝的天才一起進入靈雲宗，居末，入外門。

三年後，此人突然一鳴驚人，奪走外門第一的頭銜，得以進入內門修煉，獲取更多資源。

接下來三年，更是一路高歌猛進，勢如破竹地衝到內門第一。

如今，更是來到了靈雲榜第十八的位置。

雖然這個名次無法名列前茅，但是憑藉著自身努力，硬生生地在靈雲宗這個天才匯聚的大染缸裡脫穎而出，已然是極其不易了。

周雲楓踏前一步，拱了拱手，卻並未說話。

下一刻，就在眾人疑惑之際，他周身氣息驟然暴湧而出。

「周雲楓，你什麼意思？御靈境中期的氣息，就想向楚大哥示威？」

就在此時，一名女子嗤笑出聲。此女名叫柳筱筱，蠻橫霸道，靈雲大陸柳家的嫡女，靈雲榜排名第十的妖孽。眾所周知，她喜歡楚長風，然後誰都不能再喜歡楚長風，否則就是跟她過不去。

她甚至不允許別人冒犯楚長風。

「嗡。」下一刻，她猛地釋放自己的氣息，氣勢如虹，毫不留情地湧向周雲楓，壓其一頭。

「哼！周雲楓，你不覺得自己很搞笑嗎？連本小姐都鬥不過，你還想向楚大哥示威？」

柳筱筱彷彿高傲的孔雀，一臉不屑地看著周雲楓，周圍之人，也紛紛面露嘲諷。

「嗡。」

就在此時，周雲楓的氣息猛地竄升。

隨即，在眾人尚未反應過來之際，氣勢大漲，幾乎是瞬間便是呈現碾壓之勢，將柳筱筱的氣勢壓縮至極小的區域，根本沒有反抗之力。

「什麼？這……御靈境後期氣息。周雲楓突破了。」

頓時，一眾靈雲宗弟子紛紛驚呼出聲。

誰能想到，不吭不響的周雲楓，竟然當場突破了？誰還敢說他的實力不夠強？御靈境中期，也許不算太強，但是御靈境後期呢？

尤其是他剛一突破便是將柳筱筱完全壓制，這等氣勢，恐怕有機會衝擊靈雲榜前五。

「你……」

見狀，柳筱筱俏臉一變，指著周雲楓，氣呼呼的，一時間說不出話來。

「現在，你的實力……勉強夠格了。」楚長風劍眉一挑，顯然也沒想到周雲楓竟然當場突破，而且完全碾壓柳筱筱。

這等威勢，甚至讓他都感受到了幾分危險。

聞言，周雲楓只是淡漠地掃了一眼彷彿高高在上的楚長風，便是目光一轉，看向雷堂主，說道：「雷堂主，萬界錢莊滅我大周，我周雲楓與其不共戴天。」

「此仇不報，枉為人。」

「好，周雲楓，你很不錯。」

雷堂主將周雲楓的表現，全程看在眼裡，滿意地點了點頭，越來越欣賞此人，甚至在眾目睽睽之下，開口說道：「本堂主欲向長老會推薦你入執法堂，任副堂主，可否願意？」

頓時，下方一片譁然，要知道，執法堂雖然只是一個堂口，但是卻權勢通天，掌控他人生死。

不少人，關係很硬，也很難進入執法堂，周雲楓竟然直接被雷堂主舉薦為副堂主。這是什麼待遇？

即便是狂傲的楚長風、嬌蠻的柳筱筱，此時都是忍不住瞳孔一縮，神色之中透著嫉妒。

尤其是楚長風。

他一直想要進入執法堂任職，卻始終被雷堂主卡著，說要繼續考察他，結果現在雷堂主竟然親自去舉薦一個他原先看不上的人。

他怎能服氣？還有……

剛剛周雲楓竟然敢不搭理他。

一個來自東域這種窮鄉僻壤之地的小人物，竟然敢不搭理他？

此時的他，微微瞇起雙眼，雙拳緊握，神色之中浮現一抹陰狠……

「當然願意。」

而與此同時，周雲楓當即單膝跪地，應了下來。

之前，無論他再怎麼努力，表現得再怎麼優秀，都始終沒有辦法得到認可，無法進入靈雲宗高層，眼下有著一步登天的機會，豈能錯過？

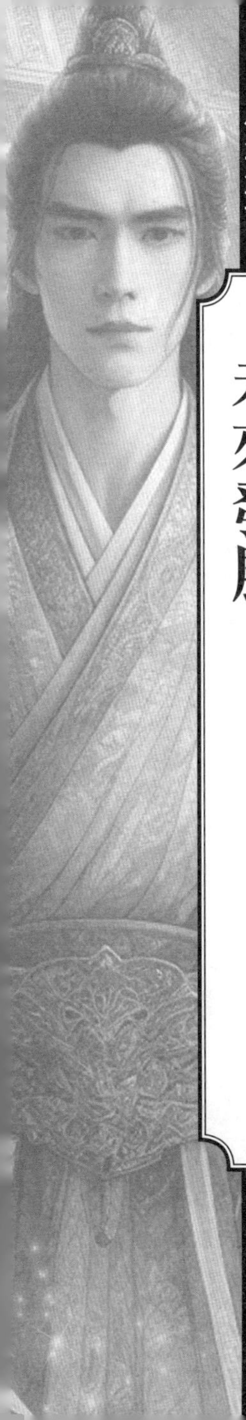

第六章

未來發展

「我不服。憑什麼舉薦周雲楓當執法堂副堂主？他有什麼資歷？我認為楚長風更有資格。」柳筱筱當即嬌喝一聲，站出來反對道，「無論是實力還是資歷，周雲楓哪一點比得過楚長風？」

聞言，雷堂主的目光如同冷厲的刀子般，掃了過去。

柳筱筱渾身一顫，莫名地心生畏懼。

雷堂主的酷烈手段，誰人不知？敢得罪他，就是在找死。

「本堂主只有舉薦權，真正做決定的，是長老會。」

雷堂主冷淡地說道：「至於本堂主憑什麼舉薦周雲楓當執法堂副堂主，還需要向妳柳筱筱解釋？妳服不服，跟本堂主又有何關係？」

「我……」

聞言，柳筱筱俏臉一白。她已經聽出了雷堂主言語中透露出來的不悅。

她下意識地看向楚長風，想要讓其幫自己分擔壓力，但是此時的楚長風，卻是眉頭微蹙，一言不發，完全沒有搭理她的意思。

柳筱筱當即神色一黯。

雷堂主收回目光，從乾坤袋中取出一柄長刀，交予周雲楓，同時說道：「此刀名為屠龍，是本堂主年輕時極其趁手的一柄靈器。」

「多年未用，就送予你了。」

「多謝雷堂主。」聞言，周雲楓當即拱手謝道。

「這……雷堂主竟然送給了周雲楓一把靈器？整個靈雲宗的靈器數量，也極為有限吧？各堂堂主，只有雷堂主擁有一把靈器而已。」

「雷堂主這是將周雲楓當作接班人來培養嗎？」

「可是，為什麼不選擇楚長風？無論是背景、實力和天賦，楚長風都有明顯的優勢吧？」

見狀，靈雲宗弟子紛紛面露驚駭之色。

靈器威力巨大，尤其是對於御靈境級別的強者來說，得一柄靈器，戰力能夠翻倍，甚至更多。

如果說，突破之後的周雲楓，有殺入靈雲榜前五的可能，那麼……擁有屠龍刀的周雲楓，已然有了衝擊靈雲榜前三的實力。

楚長風頓時保持不住之前的冷靜，神色瞬間陰沉下來。在他看來，這些東西……本應該屬於他。

「既然你有雷堂主舉薦，那我也可以有大長老舉薦。執法堂副堂主之位，我楚長風，志在必得。」

一天後，長老會決定將滅殺萬界錢莊的任務，當做一種考核。

所有得到舉薦成為執法堂副堂主的天才，都可以參與到這個任務當中，誰能斬殺萬界錢莊莊主、滅掉萬界錢莊，就算通過考核，回返靈雲宗之後，即可成為執法堂副堂主。

「看來，楚長風也覬覦執法堂副堂主之位。」

「這下有好戲看了。」

「只是……萬界錢莊被多方盯上，恐怕要慘了。」

「下注了。下注了。看好楚長風當上執法堂副堂主的……」

靈雲宗上下，再次陷入了討論當中，而且經過一天的發酵，關注此事的人，更多了。

「風哥，要不要動手殺死周雲楓？」柳筱筱第一時間找到楚長風，壓低聲音問道。

「他已經離開了。」楚長風說道。

「哼，算他跑得快。」柳筱筱說道，「風哥，現在怎麼辦？如果他在咱們對付萬界錢莊的時候，橫插一手，怎麼辦？」

「無妨，無論是萬界錢莊，還是他周雲楓，都算不得什麼。在長老會作出這樣的決定後，就注定了執法堂副堂主之位，非我莫屬。」

楚長風負手而立，眺望偌大靈雲宗，目光微微瞇起，異常自信。

「可是……長老會並未說不允許請幫手。周雲楓必然會聯絡大周皇朝在中州以及其餘七大域的大周皇朝之人，一旦讓其聯手，必然不可小覷。」柳筱筱提醒道。

聞言，楚長風薄薄的嘴唇，掀起一抹冷厲的弧度：「他周雲楓能夠拉攏到人手，難道我楚長風就不能？」

經過楚長風這麼一提示，柳筱筱頓時眼前一亮，明白了過來：「風哥，你已經找好了幫手？」

「筱筱提前恭喜風哥成為執法堂副堂主。」

外界發生的這一切，安忠國等人都不知道。

在即將抵達靈雲山之巔的時候，王大寶來到蘇輕語面前，弱弱地問道：「蘇使者，傷養的怎麼樣了？」

蘇輕語掃了一眼王大寶，開口道：「什麼事？」

「呃……」聞言，王大寶準備好的很多話，一時間竟是不知道該如何開口，憋了半天，只蹦出來一句，「那個，多謝蘇使者仗義出手。」

「幫我殺了周乾那狗賊，否則的話……我這仇，也報不了。」

「不必謝我，殺他只是因為他耽誤我執行莊主的任務，我並沒想幫你。」蘇輕語說完，便是閉上了美眸。

王大寶無語，妳不說最後一句話，咱們還是朋友。

說了最後一句話……哎呀媽啊，扎心了。

好在，他早已經習慣了蘇輕語的高冷，並未在意。

不僅如此，反而很高興。

畢竟，這次不僅圓滿完成了莊主的任務，還殺了仇人周乾，一舉兩得。

「啾啾。」

隨即，眾人抵達靈雲山之巔，進入萬界錢莊。

陳凡進入小祕的身體，召集眾人……

開會，總結。

安忠國等人異常恭敬，垂手而立。

「任務完成的不錯。不過，你們的實力還是太弱了。接下來，全力休養傷勢、努力修煉，將實力提上去。」

陳凡望著眾人，說道：「另外，任務期間，必須嚴苛遵守萬界錢莊行為準則，任務之外的任何事情，不得擅自揣測主人意願，更不準擅作主張。」

說到這裡，陳凡看了一眼王大寶，說道：「尤其是個別的人自作聰明。再有下次，直接嚴懲。」

頓時，王大寶嚇得渾身肥肉一抖，他當然知道莊主說得就是他。

「這裡是萬界錢莊的行為準則，你們接下來自行研讀，領會中心思想，主人接下來會繼續完善，到時，你們自行記錄。」

隨即，陳凡將準備好的一些手冊，發了下去。

「接下來，談一下萬界錢莊下階段發展……」

「東域這邊的客源有限，萬界錢莊已經很久沒有交易。而且，東域的債務糾紛也是全部解決。」

「萬界錢莊必須向外擴張，主人想聽聽你們的意見。」

陳凡說道：「大家暢所欲言，不必拘束。」

眾人互望一眼，一時間不知道該如何去說，這個概念太廣泛了。

「王大寶，你先說。」陳凡只能點名。

莫名的，他有種上課點名，讓學生回答問題的感覺。

「冪姐，妳可能不知道。」王大寶壓低聲音，頗為神祕地說道，「莊主不太喜歡我說話，如果我一會說得興起，惹得他老人家不高興，那可就慘了。」

「你不說，我就告訴莊主，你非禮我。」

王大寶驚恐了，這……

「冪姐，真的可以嗎？」

隨即，這傢伙上下打量了一下陳冪那前凸後翹的豐潤身姿，莫名地有些喉嚨發乾。

「你可以試試。」陳凡冷笑一聲，說道。

「咳咳……」

王大寶瞬間感覺到周身各處傳來一股股的寒意，瘋狂沖刷著他的靈魂，渾身一顫，他趕忙轉移話題：「那個，關於咱們萬界錢莊下階段的發展。」

「我建議暗中發育，先前往東南域或者東北域處理借貸契約，發展客源。」
「等到萬界錢莊進一步發展壯大之後，再去中域。會一會中域那些不可一世的老牌勢力。讓他們見識一下我們萬界錢莊的威猛、強大。」
「三年，最多三年。我王大寶相信在莊主的帶領下，我們萬界錢莊，絕對能夠橫壓諸天，武動乾坤。」
陳凡嬌嫩的嘴角一陣抽搐，無語地說道：「妳怎麼不說，我們萬界錢莊能夠鬥破蒼穹呢？」
「這詞用得好。」王大寶當即點頭，說道，「冪姐果然知識淵博。」
「閉嘴吧你。」
「妳剛剛明明讓我說的，現在又不讓人家說，你怎麼能這樣。」王大寶委屈地嘀咕道。
陳凡冷笑，莫名地有些噁心。
「蘇使者，妳什麼意見？」陳凡懶得搭理這傢伙，看向蘇輕語，問道。
「直接殺入中域。」蘇輕語的方法簡單直接。
「嗯。」
陳凡點了點頭，這句話很符合蘇輕語的性格，也是一條路。
畢竟以他目前的陰魂實力，在靈雲大陸的黑夜中，近乎於無敵。
沒必要婆婆媽媽，一路碾壓過去就可以了。

「安使者。」陳凡隨即看向了安忠國。

「隨機應變，我們不需要按部就班，只需要抓住每個有利的時機。」

安忠國身為大韓百勝將軍，一向兵無常形，憑藉的就是對戰場的敏銳嗅覺和把控，精準地抓住稍縱即逝的戰機，果斷出擊，給予敵人致命一擊。

「沒錯。」陳凡再次點頭，這個建議顯然要更加變通和靈活。

「冪姐，我都贊同安使者的。」秦政主動說道。

劍瞎子也是隨即主動開口：「我一切聽從莊主的安排。」

他只管練劍，其餘諸事，一概不聞不問。

「好，你們的建議，我會呈報給莊主。」陳凡點了點頭，然後說道，「最後，就是主人設定的詳細獎罰制度。即日起，開始實行。」

聞言，所有人神情一凜，這是他們最關心的問題。

「任務完成度高，獎勵就多，任務完成低，獎勵就少。任務失敗，也要接受懲罰。」

「每次任務，主人都會根據你們的表現，進行獎懲。任務完成度高，獎勵豐厚，具體獎勵什麼，你們跟主人細談。」

「任務未能完成，進行處罰，不索取你們的任何資源，但……有三次任務失敗，就會進行降級處理。」

「比如說王大寶，有三次任務沒有完成，就會被降級為分莊莊主。」

陳凡舉了個例子，隨即補充道：「萬界錢莊的等級劃分：莊主、使者、分莊莊主、學徒，暫時就這四個等級。」

王大寶無語，為什麼拿我舉例子？我是那種完不成任務的人嗎？還有任務是我王大寶完成不了的？

「至於晉升的問題，主人會根據你們的表現來決定。」陳凡接著說道，「級別越高，權力越大，執行的任務越難，得到的獎勵越多。」

「除此之外，萬界錢莊設立刑堂，安忠國暫且兼任刑堂堂主。專門督查萬界錢莊的使者、分莊莊主以及學徒，違背行為法則者，及時發現、嚴肅處理。」

「如果出現原則性問題，輕則逐出萬界錢莊，重則處死。」

「另，只要不違背萬界錢莊行為準則，你們在執行任務期間，可以去辦私事，得到的酬勞完全歸自己所有。」

「是。」

眾人神色一肅，加入萬界錢莊不易，誰都不想離開。

「接下來，說一說這次的獎勵……」

隨即，陳凡話題一轉，聞言，所有人頓時屏住了呼吸。

「小青，獎勵兩條靈脈。安忠國、蘇輕語、王大寶，一人一條靈脈。劍瞎子和秦政，一人一千萬顆靈石。小羽，獎勵五百萬顆靈石。」陳凡說道。

王大寶面露狂喜之色，一條靈脈，這獎勵，太豐厚了。

「莊主萬歲。莊主最帥，太慷慨了，謝謝您了。」

王大寶興奮地喊道，其他人也都沒有想到第一次的獎勵竟是這般多。

小羽撲閃著巨翅，小青歡快的嗡鳴不斷。

「你喊什麼？」陳凡看向王大寶，問道。

「呃……」王大寶趕忙閉嘴，還以為自己的話又多了。

這個時候可不能惹莊主不高興，否則獎勵給他扣下了，那可就虧大發了。

「怎麼不喊了？」陳凡問道。

「啊？莊主不是覺得我話多嗎？我正在努力學著克制我自己。不能再喊了，再喊就又話多了。」王大寶問道。

「這次不嫌你的話多，你可以接著喊，尤其是那句『莊主最帥』。」陳凡說道。

王大寶和眾人無語。

然後，其他人開始在陳凡的帶領下，建設傳送陣。

而王大寶則開始了長達半個時辰、發自內心的吶喊：「莊主最帥。」

喊得口乾舌燥，直到嗓子都冒煙了。隨即，他一邊喝著泉水，一邊來到還在忙著建傳送陣的陳凡身旁，提意見道：「冪姐，以後開會，咱們能不能坐下說？站著怪累的。」

「體恤下屬，讓下屬有種回到家的溫暖感覺，這樣才能讓下屬有歸屬感。」

聞言，陳凡說道：「你在管理方面，很有一套啊。」

「那當然。」

王大寶剛想吹噓，陳凡便是說道：「你這樣的才能，不能埋沒，我這就稟告莊主，爭取讓你當分莊莊主。」

然後，陳凡直接消失在了原地，進入了萬界錢莊系統當中。

進入萬界錢莊之後，陳凡把陳羃放在庫房，自己打算前往百科全書的世界，遨遊在知識的海洋。

關於傳送陣的搭建，他遇到了點困難，需要補充知識，找到解決辦法。

「嗡嗡。」

就在此時，小青突然一陣震顫，然後……

「墨雨劍？」

陳凡發現一張桌子上，擺放著一柄長劍，他第一時間認出了這正是大周老祖使用的那柄靈器。

只是，此時的墨雨劍，給人的感覺是極其虛弱，靈性受損嚴重。

「它是被你重創了？」陳凡看向小青，問道。

小青頓時人性化的點了點頭，又是一陣嗡鳴。

「你不喜歡墨雨劍誕生的靈智，覺得它被大周老祖帶壞了，然後就把它給抹除了？」

「呃……」陳凡嘴角一抽，小青行事，夠霸道。

「只是……你把墨雨劍的靈智抹除了，它沒有了靈智，還能叫靈器嗎？」

看著墨雨劍此時毫無靈性的狀態，他嚴重懷疑這把墨雨劍，只是比普通兵器強一點，根本算不得靈器了。

沒有了靈智的靈器，就相當於沒有靈魂的人類，只剩一具軀殼。

「嗡嗡。」小青顯然又有話說。

「喔？你是說，墨雨劍還能誕生新的靈智？」

眉頭一挑，陳凡突然想起了之前在百科全書的世界裡，看到過一位鑄劍大師，喝多了之後，吹牛的時候，無意間透露出一個知識點，只要能夠想辦法抹除靈器的靈智，靈器就有機會誕生新的靈智。

只是，被抹除靈智的靈器，屬於半成品，甚至是瑕疵品。

要想誕生新的靈智，難度極大，需要一人時刻將其佩戴身上，長時間蘊養，並且每天以精血飼養，還要經常與其進行靈魂層面的交流。

做到這些，才有可能誕生新的靈智。

換句話來說，需要一個人全心全意的精力放在這把被抹除靈智的靈器上。

並且，還不一定成功。

「我是沒時間，沒那個精力。」

陳凡剛想將其扔在庫房，置之不理，隨即想到了劍瞎子。以劍瞎子對劍的熱愛，未必不可能使得墨雨劍孕育出新的靈智。

「讓他試試？」陳凡很快做出了決定。

隨後，他進入書中王國，再次離開萬界錢莊系統時，繼續進入陳冪的身體裡，然後走向劍瞎子，說道：「劍瞎子，用你一千萬靈石的獎勵，換這把瑕疵品，願意嗎？」

隨即，陳凡將孕育新的靈智的方法告訴了劍瞎子，並且提醒他：「很有可能孕育失敗，到時候，你不僅付出了大量的精力，還什麼也沒得到。」

「我願意。」劍瞎子毫不猶豫地點頭。

靈器，這是他距離靈器最近的一步，必須抓住這次機會。

「好。」

陳凡並不意外劍瞎子的決定，對於一個嗜劍如命的人來說，不可能不賭一賭的，隨手將其扔給了劍瞎子，他便是繼續投身於建設傳送陣的工作當中了。

「冪姐，妳不會真告訴莊主，讓我去當分莊莊主了吧？」

王大寶苦著臉走了過來，說道：「千萬別啊。當使者挺好的，妳也知道，我就是喜歡吹牛，哪裡有什麼管理才能啊？」

主動申請降級，傻子才這麼幹呢，王大寶自然不願意。

「我覺得物盡其用，人盡其才，才是最好的。」

陳凡說道：「我已經跟莊主說過了，莊主說他考慮考慮，如果你下次任務沒有執行好，就讓你當分莊莊主。」

「我……」

聞言，王大寶頓時艱苦了。

接下來的一段時間，陳凡還在忙著建設傳送陣。

他必須盡快將傳送陣建設成功，這樣就可以派安忠國等人去其他域處理債務契約了，萬界錢莊的發展，不能停滯。

十數天後，正在建設傳送陣的陳凡，突然俏臉一喜。

「終於，又迎來新的客人了。」

他毫不猶豫地讓陳冪盤膝而坐，然後進入萬界錢莊。

「救命、救命！」

就在此時，一位衣衫不整，驚慌失措的女子出現。

此女身著橘黃色裙裾，十五六歲模樣，頭頂的碧玉簪子以及手腕上帶著的金絲白玉鐲子，無一不透露著其身家豐厚。

標準的鵝蛋臉，模樣俊俏，舉手投足間沒有任何的矯揉造作，透著一股親切和善良。

陳凡只是一眼，便是對其印象極佳。

「叮，柳欣然，中域柳家么女，柳憐兒幼妹，靈動境初期修為，五品天賦，人鼎體質，煉藥師。」

系統提示音隨之響起。

「她是周乾妻子——柳憐兒的妹妹？而且還是人鼎體質？」

陳凡瞳孔微微一縮，頓時來了興趣。

此女是柳憐兒的妹妹，只是讓他覺得有些巧合，真正讓他有興趣的，是人鼎體質。這種體質，以身體為鼎爐，透過男女之事來快速提升修為，而且毫無副作用，無數男人都覬覦不已。

「萬界錢莊，交易萬物，柳欣然，妳想交易什麼？」他當即開口問道。

「魔族要侮辱我，萬界錢莊救救我。」

柳欣然楚楚可憐地說道，三不五時地向後看去，顯然害怕有人追上來。

「魔族？」

聽到這兩個字，陳凡眉頭不由得一挑，什麼情況？魔族怎麼又出現了？

「難道跟周乾有關？」

周乾修煉了魔界功法——玄魔功，陳凡自然而然地將二者聯繫到一起。

「妳大可放心，他們追不上來的，這裡是另一個空間。」

此事和魔族牽扯到了一起，一看就不簡單，陳凡此時的興趣越來越濃郁了起來，說道：「坐下慢慢談。」

第七章 魔族餘孽

柳欣然，其母王氏，柳家家主十幾年前納的妾室。

在柳家，王氏毫無背景，只是靠著一張臉才被柳家家主納入家門，所以，她的地位不高，母女二人很不受歡迎。

偌大的家族，讓柳欣然倍感冷漠，只有柳憐兒，讓她感受到了溫暖。

借助周家的傳送陣，柳憐兒每隔十天時間，便是會回到中域，探望她，將她當做自己的親妹妹，與其玩耍，漸漸地，她們之間的關係越來越親密……

前段時間，柳欣然來柳憐兒這邊居住。結果就遇到了萬界錢莊攻打大周皇都的事情，更是眼睜睜地看著自己的憐兒姐姐自爆的一幕。

「不，憐兒姐姐！」巨大的悲痛瞬間襲上心頭，她還沒來得及做出進一步反應，便是當場暈眩過去。

等到她再次醒轉過來的時候，四周一片黑暗，她被倒塌的房屋壓在了下面，好在她的實力達到了靈動境初期，並未被活活砸死。

不過，她此時的傷勢還是很重的，一時間動彈不得。

「嗯？」就在此時，她聽到了外面傳來輕微的說話聲。

「救命、救救我！」

她竭盡全力喊道，因為體力所剩無幾的緣故，聲音並不大。外面的聲音突然消失不見，她還以為外面的人沒有聽見她的聲音，當即繼續大喊。

隨即，她聽到了動靜，外面的人在救她，但是……

為什麼沒有說話的聲音？很快，她被救了出來。
「你們……你們是誰？」
柳欣然看著眼前這七八道黑袍身影，莫名的感覺很不舒服，尤其是其中一位老者，乾瘦如柴，靠得近一點，就讓人心中發寒、忍不住汗毛倒豎而起。
此人繞著她走了一圈又一圈，鼻子用力嗅著，彷彿一條狗。
「噗！」
某一刻，他突然拿出一柄細長的銀針，速度極快地扎入柳欣然的體內，然後猛地拔出來。
「啊……」柳欣然猛地一痛，嚇得後退一步，戒備地看著他，問道，「你幹什麼？你……你們……」
「哈哈……」就在此時，乾瘦老者伸出發黑的舌頭，舔了舔銀針上柳欣然的血珠，然後身體一顫，激動地大笑一聲，開口說道，「人鼎。」
「萬年難遇的人鼎體質，天助我魔族，抓住她！」
他的聲音如同金屬摩擦一般，讓人聞之極其不舒服，生出莫名的狂躁情緒。
「只要將她獻給魔王大人，定然能夠幫助魔王大人突破。到時候……中域的那些一流勢力，咱們魔族也不必畏懼。」
「甚至，能夠壓其一頭。重振我魔族雄風。未來，也未必沒希望引魔界大軍入人界。」

這位乾瘦老者越說越激動，甚至手舞足蹈起來。

「帶她走，立刻！」隨即，他下達命令。

「魔帥大人，咱們此行的目的是找尋玄魔功，咱們還沒有找到現在就走？」其中一位魔族提醒道。

「走！你懂什麼？玄魔功雖然重要，但是咱們魔界的功法何止千萬？總能找到替代品。但是此女的人鼎體質，卻是極其珍稀，不要廢話，立刻離開這裡。」

乾瘦老人聲音一厲，彷彿來自地獄的惡鬼一般，讓人雙腿打顫，心頭生畏。

「是。」

隨即，一眾魔族押送柳欣然悄然離開大周皇都，一路趕往中域。

數天後，就在眾人即將離開東域，終於暫且歇腳的時候，期間，乾瘦老人親自看押柳欣然，晝伏夜出，異常謹慎，任何意外都沒有出現。

柳欣然繼續大喊大鬧了一陣，沒有任何效果，疲累不堪，睡了過去。

乾瘦老人看著柳欣然那凹凸有致的魔鬼身材、膚如凝脂的肌膚，精緻的五官、粉嫩的紅唇……不由得喉嚨開始發乾。

「人鼎體質，而且第一次還在。」他舔了舔乾澀的嘴唇，目光越來越火熱了起來，「如果本帥能夠得到她的第一次，絕對能夠突破成為魔王境。」

「成為一代魔王，甚至……如果本帥將她留下，當做禁臠，憑藉其人鼎的體質，本帥未必沒有機會成為魔皇。何必要將其先給魔王大人？」

「獻給魔王大人，我又得到什麼？不還是被魔王大人驅遣？」
這般想著，他已然伸出了乾枯的手掌，然後猛地撲了上去。
「啊……你幹什麼？不要！不要過來，滾開！」柳欣然瞬間驚醒。
「妳喊，喊破嗓子，也沒有人聽得到。」
乾瘦老人大手一擺，周身有著濃郁的魔氣瘋狂湧出，瞬間將方圓數公尺區域徹底包裹。
任何聲音和動靜都無法傳遞出去，甚至連他的同伴，都無法得知。
「乖乖地服侍本帥一晚，哈哈……」
他直接將柳欣然的衣服撕開，頓時有著大片肌膚露出，誘惑力倍增。
乾瘦老人雙眼越來越火熱，獸性徹底激發。
「不，誰能救救我！」
柳欣然異常的絕望，聲嘶力竭。先是憐兒姐姐當著她的面自爆，然後她現在又要被一位魔族的老頭子侵犯，善良如她，哪裡承受得住？
「嗡！萬界錢莊，交易萬物。」
就在她即將崩潰，準備自殺的時候，一道威嚴至上的聲音響起。
柳欣然此時哪裡還顧得了那麼多？
直接毫不猶豫地抓住萬界令牌。
然後，她消失在原地……

「這裡真的是萬界錢莊？」柳欣然看到身後沒有那位魔族老色鬼跟上來，當即鬆了一口氣，情緒漸漸平穩了下來，上下打量了一下四周，開口問道，「就是那個殺入大周皇都的萬界錢莊？」

「沒錯。」

陳凡知曉了柳欣然的遭遇，自然明白她為什麼會這般問。

「你們沒有被大周皇朝滅掉？」柳欣然突然開口問道。

陳凡一愣，這姑娘心是有多大啊。

剛剛還差點被一個老不死的流氓侵犯，現在卻有心情關心這個問題？

「大周皇朝，被我們滅了。」陳凡說道。

「啊？你們這麼厲害？那你們能不能幫我趕走那些魔族，他們好可惡呢。」

柳欣然這才想起自己的遭遇，頓時梨花帶雨：「他們不僅殺害無辜之人，還想要侮辱我……嗚嗚……」

「我可以幫妳解決目前的困境。」

陳凡聽到柳欣然竟然到現在這個時候，還沒有想著殺了這些魔族，而是想著趕走他們，不由得對其性格有了進一步的了解，太善良了。

「但是……妳能付出什麼代價呢？」

「代價？」柳欣然聽到這個詞，不由得一愣，隨即俏臉通紅，不好意思地站起身，說道，「對不起，我的乾坤袋都被那群魔族搶走了。」

「現在身無分文，我……我……你能不能先幫我趕走他們？對了，我可以煉丹。我能煉製五品丹藥。不過……不過……需要你們幫我提供煉丹鼎爐，我的……在乾坤袋裡。」

「五品丹藥？」

陳凡之前注意到柳欣然是一名煉藥師，但是卻萬萬沒想到，她能夠煉製出五品丹藥。

這才多大年齡？絕對是煉丹天才。

只是，以柳欣然在柳家的境遇，怎麼可能有時間和精力去學習煉丹？

「妳什麼時候學習的煉丹？」陳凡索性也不著急，好奇地問道。

「我都是偷著從家族的煉丹大師那裡學到的。」

「平日裡，也想方設法地湊齊藥材，嘗試煉丹，這事只有母親知道。她每個月領的供奉有限，所以需要很久才能將藥材購買齊全。藥材越貴，湊齊藥材的時間越長，所以……我一年只能開爐幾次，煉製丹藥。」

柳欣然完全不會說謊，將所有的情況都說了出來，然後雙手緊張地揪著自己的衣角，小心翼翼地等待著陳凡的回覆。

陳凡無暇注意她的小動作，心中被震撼到了。

他不確定自己理解有沒有錯誤，而是繼續開口確認了一遍：「那個……柳欣然，妳煉丹多少年了？」

「十年。」柳欣然趕忙認真地想了一下，然後說道。

「也就是說，妳五六歲的時候就開始煉丹了？」陳凡瞳孔一縮。

「對的，欣然比較笨，用了十年才能煉出五品丹藥。」

柳欣然還以為陳凡嫌她太笨，趕忙說道：「不過，欣然很努力的。接下來一定能煉製出六品丹藥，甚至是七品丹藥。」

陳凡的內心一震，這是什麼進步速度？而且……

「妳煉丹的成功率也太高了吧？有百分之五十了吧？」

根據他在百科全書當中得到的數據，普通煉丹師的煉丹成功率在百分之二左右，天才煉丹師和經驗豐富的煉丹成功率在百分之十左右，那些被稱為妖孽的煉丹師，煉丹成功率在百分之三十。

這還是學成之後的綜合數據。

而柳欣然可是從學成之前，煉製的第一爐丹藥開始算的。

「我沒仔細算過，不過……我從煉製丹藥開始，從未失敗過。」柳欣然認真地回答道。

陳凡喉結動了動，心頭震動不已：「妳還是偷學的煉丹技術。沒有得到任何傳承，甚至沒有得到任何的丹方。」

「不是的，我有去家族藏書閣裡看一些煉丹基本注意事項、基本煉丹技巧等相關書籍。」

柳欣然為了證明自己不是野路子，害怕陳凡不放心自己的煉丹術，趕忙說道，然後又覺得自己說的話有些名不副實，小聲補充了一句：「雖然這些書籍都是免費觀看的，但……都是權威的。」

「咳咳……」他穩住心態，接著說道，「妳母親的那點月俸，應該不足以支撐妳煉製五品丹藥吧？五品丹藥的藥材，哪一種不是數十萬靈石？」

「我……」下一刻，柳欣然俏臉通紅地說道，「我沒有煉製過五品丹藥。不過……不過我覺得我能煉製成功。」

「撒謊是不對的。」

「沒有，我真的能煉製五品丹藥。」

柳欣然耳朵根都是紅透了，著急地說道：「每次我覺得自己能夠煉製成功的時候，都成功了。」

陳凡傻了，這是什麼操作？我覺得自己行，然後就行了？這……

「果然是妖孽。」

他嘴角一抽，知道自己遇到煉丹方面的絕頂妖孽了。

「你……你對我還滿意嗎？」柳欣然緊張地問道。

陳凡覺得雖然這話聽起來有些容易讓人想多，但是他的確很滿意。

「不過……光說不練。」陳凡說道。

柳欣然當即毫不怯場地說道：「我會煉製五品丹藥——赤血丹。你能給我煉丹爐和煉製赤血丹的材料嗎？」

顯然，談到她擅長的領域，就完全變了一個人似的。

「呃……煉丹爐有，但是藥材……」他還真沒有。

陳凡當即說道：「這個還需要收集，但是妳現在迫切需要擺脫那些魔族，所以……我選擇相信妳。」

「謝謝，我沒有撒謊的。」柳欣然當即說道。

「那好，咱們正式開始談交易。」陳凡深吸一口氣，說道，「我幫妳解決生死危機，妳加入我萬界錢莊，當丹堂堂主。」

「如何？只要妳答應，我隨後就會給妳足夠的藥材、丹方、還有極品煉丹爐。絕對保證妳有一個煉丹的好環境，不會受到任何掣肘。」

即便柳欣然說謊，煉丹天賦沒那麼厲害，單單是人鼎體質，也是價值奇大，這筆交易，絕對不虧。

「真的嗎？」聽到自己能夠盡情的煉丹，聽到萬界錢莊能夠為自己提供這麼多的必要條件，柳欣然歡喜不已，說道，「我答應。」

此時的她，甚至忘記了自己要被侵犯的事情，滿腦子都是煉丹。

「來，簽靈魂契約契約。」

陳凡也不廢話，這是他第一次感覺到無比迫切的想要和眼前之人簽署交易契約，太划算了。

他有預感，一旦交易成功，獎勵必然爆炸豐富。

「可是……我不會管理啊，讓我當丹堂堂主，會不會耽誤你們的大事？要不然，我還是當一名丹堂的煉丹師吧。」柳欣然說道。

聞言，陳凡頓時對柳欣然的印象越來越好了。

這女孩，太善良了，完全只知道站在別人的角度考慮問題。

只是……

「咳咳……妳不用擔心，丹堂目前只有妳一個人。」陳凡略顯尷尬地說道，「所以，不存在管理的問題。」

聞言，柳欣然反而美眸一亮，欣喜地問道：「真的？那太好了。」

丹堂，陳凡臨時設立的。但卻在他的計畫之中，如同刑堂那般，完全服務於萬界錢莊，有著特殊的使命。

以柳欣然的天賦，如果屬實，絕對能夠勝任丹堂堂主之位。

「不過……」陳凡語氣一轉，說道，「妳目前只能以萬界錢莊學徒的身分簽署靈魂契約。」

他倒不是故意欺負柳欣然，而是這樣才能使得交易完成度更高，獲得系統更多的獎勵。

「系統的東西，不賺白不賺。」陳凡毫無罪惡感。

「我簽。」

隨即柳欣然簽署靈魂契約。一時間，她和陳凡之間，多了一層奇妙的聯繫。

「嗡嗡。」

小青看到陳凡任務完成之後，方才嗡鳴起來，傳達自己的情緒：主人，你是饞這個善良小姐姐的身子嗎？

「我那是饞她的人鼎體質好吧。」

「嗡嗡。」

小青又是震顫了兩下：那還不一樣？

陳凡他敲了一記小青，說道：「小孩子家家的，懂什麼？我自有辦法，不得到她的身子，也能讓她的人鼎體質發揮到效用。這樣，既能提升我的實力，也能提升她的實力。兩全其美，何樂而不為呢？」

「嗡嗡。」

小青點了點頭劍尖，一副恍然的樣子：主人真厲害。主人果然是正直的。

隨即，小青從陳凡身邊離開，開始繞著柳欣然的身體轉了起來。

關鍵是，它都快要貼在柳欣然的身上了。

陳凡無語，這色劍剛說完，就自己衝上去了。

真的是……原來你是這樣的小青。以前怎麼不是這樣的？

不會是從大周皇朝回來的路上，被王大寶帶壞了吧？

「好可愛的劍劍啊。」

柳欣然好奇地看著小青，尤其是看到小青表現出一些人性化的動作時，更是喜歡的不得了：「它的靈智好高啊。」

「竟然聽得懂我說話。」

「小青，既然你喜歡和柳欣然待在一起，那就去幫她解決那些魔族吧。」見狀，陳凡無語扶額，直接開口道。

「嗡嗡。」

小青一陣點頭，它再樂意不過了，而且，還能出去蹦蹦跳跳，主人，你對小青太好了。

「記得完成任務之後，將柳欣然帶到靈雲山之巔來。」陳凡吩咐道。

話音剛落，他便是看到小青這色劍飛到了柳欣然的頭頂，直勾勾地看向她被撕扯開的領口。

正在此時，小青又將劍尖對準了陳凡的胸膛，然後嗡鳴一聲，釋放出疑惑的情緒，主人，為什麼你們這裡不一樣？

陳凡無語，難道讓他現場來一次性的啟蒙教育？

隨即，他乾脆大手一擺，讓一人一劍離開了萬界錢莊大廳。

「踏。」

隨後，他則是一頭扎進了百科全書的世界裡。

怎麼才能既不得到柳欣然的身子，又可以發揮出她人鼎體質的特性呢？他要好好找一找有沒有好的辦法。

畢竟，他是一個正直的人。

「小玉、小玉！」進入書中世界之後，陳凡大喊道。

「主人。」顏如玉很快出現，「怎麼了？有什麼需要如玉幫忙的嗎？」

「那個……我剛剛收了一位人鼎體質的姑娘當萬界錢莊的學徒，就想來看看，有沒有什麼辦法，可以不碰她，又能發揮出她的人鼎體質特性？」陳凡問道。

「沒有。」顏如玉似笑非笑地看著陳凡，搖頭說道。

「呃……」

看到顏如玉這個笑容，陳凡腦海中頓時浮現很多亂七八糟的知識，甚至還有某些不健康的畫面……

趕忙移開目光，陳凡乾咳了一聲，說道：「我認真的。」

「暫時沒有。」顏如玉說道，「需要主人再投入一些靈脈，開啟更多的權限，說不定能找到好的辦法。」

陳凡無語。

「靈脈剛剛獎勵出去一些，剩下的還要留著交易，暫時先不用了吧。」

「而且，我現在也是陰魂狀態，不急著借助人鼎體質修煉。」

這般想著，陳凡又是離開百科全書，他要查看系統給予的這次的交易獎勵。

「叮，第十二筆交易完成，完成度百分之三百，獲得相應完成度的交易獎勵。獎勵結算：獲得一張【靈魂交換卡】、獲得一張【時間卡】、獲得一百枚【萬界令牌】、獲得一個【特殊道具】。」

當他走出百科全書的那一刻，腦海中便是響起一連串的系統提示音。

「百分之三百？這麼高？人鼎體質沒辦法利用，完成度也能這麼高？」

陳凡萬萬沒想到這一點。

「看來，她並沒有說謊，說的那些都是真的，撿到寶了。」

緊接著，他迫不及待地開始查看獎勵。

【靈魂交換卡】：一張，可用於連接兩個擁有靈魂的生命，進行靈魂交換，體驗對方的生活和視角，維持時間為十天，期間不可強行中止。

【時間卡】：一張，儲備有一百年時間，可拆分使用，能瞬間作用於他人或宿主身上，幫助他人或者宿主修煉。

【萬界令牌】：一百枚，可用於交易和除宿主外的其他生命進出萬界錢莊系統。

【特殊道具】：一個可用於降低敵人智商，維持時間十天，無任何副作用。

陳凡的注意力全都在最後一個【特殊道具】上面了。

「降智？這……也太厲害了吧？如果用在普通人的身上，不會直接讓其變成十天的白痴吧？」

對於這次的獎勵，陳凡非常期待，一旦使用，必然很有趣。

「人呢？」

在柳欣然消失的那一刻，那位魔族老色鬼心頭駭然。

剛剛還在自己眼前，觸手可及，突然就不見了？鬧鬼呢？

「難道是幻術？或者是撕裂了空間？」

他越想越氣，這麼一萬年難遇的稀有體質，就這麼從手中溜走，他怎能甘心？而且，他怎麼向魔王大人交代？

「找！都別休息了。滾起來，那個女人跑了，找到她！」

「挖地三尺也要找到她！」

他抓狂了，其他魔族當即一臉傻眼的開始尋找。

「啪！」

某一刻，這位魔族老色鬼的肩膀突然被拍了一下……

第八章

滔滔劍河天上來

「誰？」

魔族老色鬼嚇了一大跳，猛地轉頭，然後看到一柄長劍正對準他眉心，當即臉色劇變，全速遠離，他感受到死亡。

「隔空御物，陰魂強大之人。」

他腦海中瞬間想到了一個可能，他倒是沒有想過是靈器，畢竟靈器極為稀有，東域這個窮鄉僻壤的地方，更是罕見。

「嗯？柳欣然。」

正當他心中猜測著對方實力的時候，突然看到一道熟悉的身影。

柳欣然還穿著被撕扯的衣物，他再熟悉不過了。

「抓住她，不要讓她跑了！」

生怕柳欣然再跑了，這位魔族老色鬼當即周身魔氣暴湧而出同時下達命令。

「是。」

其餘魔族一愣，柳欣然這麼弱，還能跑了？用得著這麼慎重以待嗎？

不過，他們也不敢違背魔帥大人的命令，閃身撲了上來。

然後，小青嗡鳴一聲：敢在我小青大人面前囂張，夠格嗎？

隨即，它突然飆射而出，快若閃電，一眾魔族根本沒有反應過來，便是身首異處，臉上的神態還保留著衝鋒時的狠戾。

「嗡。」

隨即，小青就欲刺向魔族老色鬼。

被小青盯上的瞬間，魔族老色鬼頓時如墜冰窟，尤其是看到手下在一瞬間全部被割了頭顱，身死道消，頓時渾身發軟。

「是靈器。」他臉色劇變，然後「砰」的一聲跪下，大聲求饒，「柳姑娘，不要殺我、不要殺我！我上有老，下有小，死了以後，誰來照顧我的老母親？誰來照顧我的幼兒啊！」

「小青。」

就在此時，剛剛從萬界錢莊回到原地，有些懵圈的柳欣然，終於回過神來，看到這一幕，趕忙開口阻止：「等一下。」

聞言，小青頓時停下，劍尖距離魔族老色鬼的脖頸，只有三寸。

魔族老色鬼甚至能夠感受到長劍透出的冰冷寒意，汗毛當即倒豎而起，褲襠一溼……竟是嚇死了。

「柳姑娘，我之前混蛋。」

隨即，他聽到柳欣然的話之後，頓時意識到自己有希望活下來，直接開扇自己的臉：「啪、啪、啪、啪！」

一邊扇，一邊喊：「我該死，我色迷心竅。」

此時小青嗡鳴著：欣然姐姐，這個糟老頭子壞得很，不要聽他的，殺了他。

柳欣然自然不明白小青的意思，但是卻能夠感受到小青的情緒。

她猶豫地說道：「小青，我也沒受到傷害，要不……要不……」

「嗡嗡。」

小青顯然意識到柳欣然猶豫了，趕忙嗡鳴：欣然姐姐，他在騙妳。

「我錯了。我真的認識到自己錯了。」

這位魔族老色鬼不要命地磕頭，額頭都是出血了，這是他唯一活命的機會，必須抓住。

「你做了錯事，就要受懲罰，我可以不殺你，但是……必須重罰你。」

見狀，柳欣然彷彿下定了決心，先是看向這位魔族老色鬼，然後將目光投向小青：「怎麼懲罰他呢？」

「嗡嗡。」

小青只能無奈同意，幫忙出主意：善良姐姐，他不是想欺辱妳嗎？閹了他，割以永治。

「讓小青多刺你幾劍吧。」看到小青答應下來，柳欣然當即俏臉一喜，然後看向魔族老色鬼，說道，「另外……廢掉你的修為，以防你以後繼續幹壞事。」

「好的，我發誓永不害人！」

魔族老色鬼臉色一變，隨即想著保命為主，當即保證道。只是心中卻是嗤笑不已：這就放過我了？

想讓我不害人？我是魔族，魔界和人界仇深似海，讓我不殺人，可能嗎？

幼稚！

下一瞬，就在他內心暗罵柳欣然的時候，小青直接在他身上來回穿刺了起來。它巴不得殺了這位魔族老色鬼，因此出劍速度異常之快。

瞬息間便是在其身上，留下了數十個血洞。

「啊！」

當即，這位魔族老色鬼慘叫不已。

「停、停、停！」

見狀，柳欣然趕忙阻止。

「噗嗤。」

小青還不盡興，又是在其身上刺了一劍。

「啊！」

這位魔族老色鬼又是慘叫一聲，只不過聲音變得有氣無力，模樣異常的悽慘，顯然受到了重創。

「你可以走了。」柳欣然說道。

隨即，魔族老色鬼不敢停留，轉身欲逃。

「等一下。」柳欣然喊住他。

「怎……怎麼了？」

魔族老色鬼頓時腿一軟，差點一頭栽在地上，反悔了？

「把我的乾坤袋還給我，還有裡面的東西。」柳欣然說道。

「喔，好、好！」

聞言，魔族老色鬼當即擦了一下冷汗，然後趕忙照做。

「可以走了嗎？」隨即，他問道。

「可以了。」柳欣然點頭。

然後，魔族老色鬼一溜煙地逃走了，再不敢停留，生怕再被喊住。

「走吧，小青，咱們現在去萬界錢莊，我還沒去過那裡呢。到時候，我一定要好好煉丹。報答莊主的救命之恩。」柳欣然堅定地說道。

「嗡嗡。」

小青指了指她被撕爛的衣服以及露在外面的肌膚。

「呀！」

柳欣然當即羞紅了臉，然後趕忙從乾坤袋裡拿一套衣服，同時說道：「小青，不許偷看。」

「嗡嗡。」

小青當即答應，然而，在柳欣然換衣服的時候，它則是悄然離去。以它的實力和速度，瞬息間便是趕上了魔族老色鬼。

「這女孩，真的是弱智。」

此時，魔族老色鬼逃出生天，毫不猶豫地開口諷刺。

「啪！」

下一刻，魔族老色的肩頭再次被拍了一下，他當即渾身一僵，然後牙關打顫地扭過頭來：「你……你怎麼又來了？不是說好了放過我的……噗！」

小青沒等他說完話，便是直接將其脖頸抹斷。

「嗖。」

再然後，返身而回，它還想看看善良姐姐的身體構造呢！為什麼和主人的不一樣呢？

「嗯？」然而，當它返回的時候，柳欣然已然穿戴整齊，剛巧轉過身來。

「呀！小青，你是不是偷看了。」

柳欣然看到小青劍尖對著自己，當即尖叫一聲，羞紅了臉，甚至脖頸都是紅透了。

「嗡嗡。」

小青頓時委屈不已：小青沒看，妳可不能冤枉小青。

它倒是想看來著，這不沒看成嗎？

「好吧，我相信你。」柳欣然選擇了相信小青。

小青無語，這就信了？我可是劍尖對著妳的。

本來小青還在苦思冥想，怎麼解釋這個問題呢，結果柳欣然直接選擇相信。

小青心想：「真是單純的有些可愛啊。」

了。

沒辦法，只能獨自鬱悶。

「走吧，小青。」

隨即，柳欣然抱著進入劍鞘的小青，一人一劍在高空快速飛行。

小青本來是不想帶上劍鞘的，好不容易可以被善良姐姐抱著，但是它太鋒利了。

「嗯？」

不知道飛了多久，一人一劍便是發現前方有三隻飛行獸馱著七八道身影在高速飛行，也是朝著萬界錢莊的方向。

小青飛得快，很快便是追上了這些人，想要從其頭頂超越。

「這女人御劍飛行的姿勢很奇特啊！竟然抱著劍飛，本公子還是第一次見。這女人是來搞笑的嗎？」

頓時，下方眾人注意到了這一人一劍，紛紛開口。

「柳欣然。」

正在此時，突然一道嬌喝聲響起。

聞言，柳欣然頓時將目光投射過來：「筱筱姐妳怎麼在這裡？」

這一行人，正是柳筱筱、楚長風他們。

「我為什麼在這裡，還需要跟妳彙報？」柳筱筱蠻橫的反問道。

「筱筱，妳認識她？」楚長風眉頭微微皺起，他很不習慣仰著頭看別人。

這是他的驕傲，來自骨子裡的傲氣。

「認識，是我父親的一個妾室之女。」柳筱筱不屑地說道，「修煉到現在也不過是靈動境初期實力，天賦很差勁，在我們柳家完全沒有地位。」

「那她怎麼御物飛行的？」突然，旁邊一位青衣男開口問道。

眾人也是一愣。

「難道是陰魂強大？煉丹師？陣法大師？抑或是符師？」有人問道。

「不可能。」柳筱筱當即搖頭說道，「她就跟個廢物似的，陰魂怎麼可能強大？」

「靈器。」楚長風雙眼陡然一瞇，死死地盯著柳欣然懷裡的那把劍，眼神深處劃過一抹貪婪之色。

「這……」

其他人聞言，也紛紛眼冒精芒。

靈器，他們當中的所有人，除了楚長風之外，沒有一個人擁有。

豈能不心動？

柳筱筱更是俏臉浮現嫉妒之色：「柳欣然，妳從哪弄來的靈器？」

「是不是從柳家偷拿的？」

眾人嘴角一抽，顯然，他們猜到柳筱筱想要得到這把靈器了。

「不……不……不。」柳欣然當即爭辯道，「這是別人的靈器，我只是借用一下，還要還回去的。」

「狡辯！明明就是我柳家的靈器。不經允許，竟然敢拿走柳家的靈器，你這是偷。」

柳筱筱霸道地說道：「現在把它交還給我，看在你我是姐妹的分上，我可以當作什麼事都沒有發生。」

「不是的，筱筱姐，這不是柳家的靈器，我不能給妳的。」柳欣然解釋道。雖然說的話並不硬氣，但是語氣很堅定。

「哼！我就知道妳不會給我，妳這個小偷。」說著，柳筱筱直接凝聚靈力，一掌拍向柳欣然。

她可是御靈境後期實力，這一掌的威力，何其巨大？直接封鎖了柳欣然的所有退路，她想要一掌將其殺死。

「嗡嗡。」

就在此時，小青陡然間加速，避開這一掌，然後開始震顫起來。

感受到小青憤怒的情緒，柳欣然生怕小青又動殺心，趕忙說道：「筱筱姐，我真不是小偷。妳快住手。惹惱了小青，它會殺了妳的。」

「殺我？」聞言，柳筱筱嗤笑一聲，不屑地說道，「靈器雖強，但也要看使用它的主人是誰。憑妳現在的修為，即便拿著靈器，也打不過御靈境初期強者，何況是我？」

「不自量力，受死！」

柳筱筱顯然不想廢話，直接御空而起，就欲再次發動進攻。

只是，小青又一個加速，直接將眾人遠遠甩在身後。

「妳……」見狀，柳筱筱頓時氣急敗壞。

「那就是橫壓我大周皇朝的靈器吧？」

與此同時，在地面之上，一雙眼睛，死死地盯著高空中發生的一切。

細眼望去，此人正是周雲楓。

他是花大代價，直接利用傳送陣返回了東域大周皇朝。

要比楚長風等人更早抵達東域，但是他並沒有著急前往萬界錢莊報仇，而是將當日的戰鬥細節重新了解了一遍。

不得不說，他極為謹慎，這也救了他一命。

因為他發現，萬界錢莊的實力，遠超自己的想像，當即決定謹慎行事，先行觀察。

然後，在楚長風等人抵達東域的那一刻，他便是跟上，準備先讓楚長風等人打頭陣，他再伺機而動。

他修煉了龜息功，極其擅長隱匿，這也是他這些年能夠在靈雲宗快速崛起的依仗。

此時看著消失不見的小青和柳欣然，他雙眼微微瞇起，一抹森冷閃掠而過。

「嗖。」

在小青的全速飛行下，柳欣然很快抵達靈雲山之巔。

「這就是萬界錢莊嗎？這就是我和莊主交易的地方？以後我就要生活在這裡嗎？」柳欣然彷彿十萬個為什麼，看著這雄偉的建築，一時間興奮非常。

而與此同時，一道肥胖的身影當即暴掠而出，死死地盯著柳欣然喝道：「何人敢在萬界錢莊上空飛行？是來交易的客人嗎？如果不是，速速退去。」

此人正是王大寶，通過這些天的休養生息，他和安忠國等人的傷勢已經徹底痊癒。

「不、不，我不是來交易的。」柳欣然緊張地說道。

「那就趕緊離開。」王大寶喝道。

「嗖。」

柳欣然剛想解釋什麼，小青懶得搭理他，直接帶著柳欣然來到了萬界錢莊大門前。

「妳……」王大寶只感覺眼前一花，當即嚇得渾身一緊，知道自己遇到了高手，趕忙大喊道，「老安，有人要強闖咱家錢莊。」

下一刻，柳欣然已然一腳踏進了萬界錢莊大門，一臉新奇地說道：「這裡的環境好美啊。」

「呃……」王大寶頓時一滯。

萬界錢莊守護陣法怎麼沒動靜啊？這就讓她進去了？

「姑娘，妳這麼弱，是怎麼進來的？」王大寶身形一閃，當即上前問道。

「喔，前輩好。」柳欣然先是恭敬地打了個招呼，然後說道，「我是新來的學徒。」

「喔？莊主又招了新人？」

王大寶當即眉頭一挑，上下打量了一下柳欣然，越看越滿意，點了點頭，說道：「不錯。小妹妹，好好混，以後絕對有前途。」

「知道我是誰嗎？我是萬界錢莊的使者，比妳高了兩級，我……」

「前輩，你……我想起來了，我知道你是誰。」

「大周皇都。」柳欣然當即想起了什麼，興奮地說道，「前輩，你們大鬧大周皇都，好厲害的呢！」

看到眼前這位小妹妹一臉崇拜的樣子，王大寶當即擺了擺手，輕咳一聲，謙虛地說道：「看來那一日，妳也在大周皇都。既然妳已經見識過本使者的英俊身姿。過多的介紹，我也就不多說了。」

「不過，我要告誡妳，那都是過去，我們要展望未來。不能沉迷於過去的榮耀。」

「嗯嗯。」

柳欣然乖巧地應道，然後說道：「前輩的話，欣然一定銘記於心。」

正在此時，王大寶看到了安忠國等人出現，當即帶著柳欣然上前，主動介紹道：「這是新來的學徒。叫……」

「妳自我介紹一下。」

他這才想起，似乎還沒問柳欣然名字，當即讓柳欣然自己主動去說。

「喔，我叫柳欣然。」柳欣然緊張地說道。

隨即，眾人也紛紛自我介紹。

秦政笑著說道：「我終於不是最弱的那個人了。」

「嗯？」

就在此時，安忠國突然眉頭一皺，然後身形一閃，御空而起，緊接著是蘇輕語。

「是筱筱姐。」

就在此時，柳欣然也是認出了來人。

「怎麼？跟妳一起的？」王大寶問道。

搖了搖頭，柳欣然說道：「我只是認識她，但不是一起的。」

「柳欣然，我倒要看看，妳跑哪裡去？把我柳家的靈器交出來！」

楚長風一行人全力趕路，終於追上了柳欣然，柳筱筱當即攜帶著狂猛攻勢，憤怒的衝了上來。

「滅世刀！」

「血刃！」

安忠國和蘇輕語當即神色一凝，全力出手。

對方可是御靈境後期修為，他們豈敢大意？

雙方攻勢相撞，隨即安忠國和蘇輕語狂退數百公尺，而柳筱筱只是身形一頓，冷哼一聲，說道：「不自量力。」

看到安忠國和蘇輕語被壓制，小青頓時離開劍鞘，準備出手。

柳欣然趕忙攔住，勸說道：「筱筱姐，我真沒有偷柳家的靈器，小青是萬界錢莊莊主的靈器。」

「什麼？」王大寶在一旁愣住了，問道，「欣然，這個女人說小青是妳從她家偷來的？」

「嗯。」

柳欣然急忙點頭說道：「前輩，你趕緊告訴她，這是莊主的靈器。」

「呵……」

聞言，王大寶笑了，看著柳筱筱，問道：「女人，妳是來搞笑的吧？小青什麼時候屬於你們柳家了？給你們柳家，你們柳家敢要嗎？」

「知不知道這裡是哪？這是萬界錢莊。敢來搶萬界錢莊的靈器，妳還真是不知道『死』字是怎麼寫的。」

「萬界錢莊？」聽到這四個字，柳筱筱這才反應過來，當即說道，「柳欣然，妳竟然和萬界錢莊蛇鼠一窩。」

「還真是找死。也好，此行我們本就是要來滅掉萬界錢莊的。順道，也將妳埋骨此地吧。」

說著，柳筱筱便是再次狂攻而來。

「竟然敢無視妳王大爺的話，夠狂！」

「女人，妳那大腦門上寫著一個『死』字，知道嗎？」王大寶喝道。

「聒噪的男人。」柳筱筱秀眉一蹙，狂猛地攻勢當即轉向王大寶。

「小青，殺了她。」王大寶當即躲在小青的後面，叫囂道，「讓她知道我們萬界錢莊的厲害。」

「嗖。」

他的話還沒說完，小青便是一閃即逝。

「噗。」

一抹青芒，一閃而逝。

不遠處，楚長風的瞳孔驟然一縮。

「嗬嗬……」

柳筱筱想要說什麼，隨即發現自己的聲音彷彿卡在了喉嚨裡，緊接著她看到自己在高高飛起。

不對，她好像看到了自己的身體？

「啲啲……」

下一刻，她俏臉布滿了恐懼，她被斬首了，不，她怎麼能就這麼死了呢？

然後，她的意識迅速湮滅，徹底斃命。

四周一靜，在外人看來，只是一道青芒劃過天際，然後柳筱筱的頭顱便是高高飛起，死了。

這……

楚長風等人紛紛拔劍，再不敢大意，凝神以待。

連御靈境後期強者都能秒殺，這是什麼靈器？

「小心！」

正在此時，楚長風瞳孔一縮，臉色一變，當即大喝一聲。

「嗖。」

下一瞬，漫天青芒匯聚成河，從天而降，隨即，一道劍鳴聲響徹天地。

小青，怒了。

它將之前的鬱悶，全部發洩了出來。

緊接著，楚長風等人便是徹底淹沒在這道青芒匯聚而成的劍河之中。

楚長風身旁的那些人，雖然都是御靈境層次，甚至不乏御靈境中期實力的強者，但也是瞬息間被淹沒，連一朵浪花都沒有激起。

只有楚長風，憑藉著手中一把長刀，多堅持了一息工夫，但也僅此而已……

「不。」

隨即，他無力地大吼一聲，便是被劍河沖走，身體四分五裂，徹底湮滅。他無論如何也想不到，在萬界錢莊面前，竟然脆弱的如同一張紙，一捅就破。

「這就完了？」

遠處，利用龜息功隱藏自己的周雲楓，臉色大變。

氣勢洶洶，強橫無比，足以將整個東域踏在腳下的楚長風一行人，就這麼被滅了？他的心頭驚駭萬分，哪裡還敢動彈半分？生怕被發現。

說時遲那時快，等到柳欣然反應過來的時候，小青已然解決了戰鬥。

只留下一把楚長風使用的長刀，這是一把靈器。

「這……」

柳欣然剛想開口，一旁的王大寶便是率先說道：「小青，厲害，不愧是靈器之王，你是咱們萬界錢莊，當之無愧的第一大將。」

「我還以為這群人有多厲害呢，結果不是你的一合之敵。」

小青嗡鳴一聲：那是，小青大人可是最棒的。

安忠國等人看向小青，內心也是很震撼。

這一擊，讓他們再次認識到了小青的強橫實力，深不可測。

小青似乎是感受到柳欣然情緒有些悲傷，當即繞著她轉了起來。

它發現，只要自己的速度足夠快，這位善良的小姐姐就沒辦法阻止它。

至於此刻，惹了她不開心……

那就哄她囉。

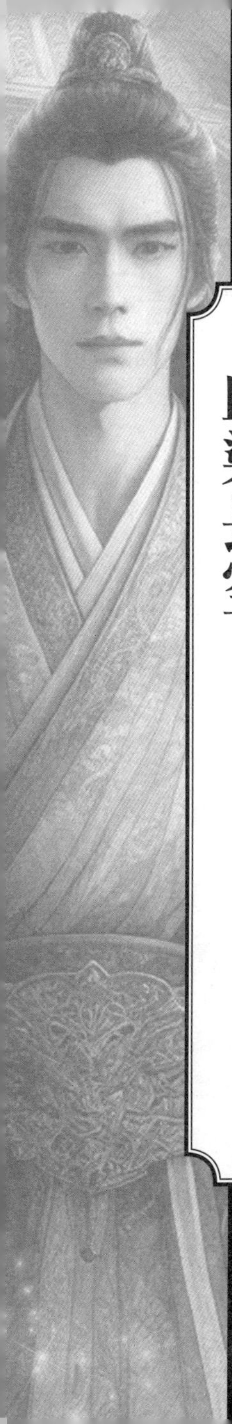

第九章

血染長空

它將情緒傳遞給不遠處的陳凡：主人。主人。怎麼哄善良小姐姐開心呢？在線等，挺急的。

陳凡無語。

「你這樣……」

隨即，小青按照陳凡所說，劍尖對準柳欣然，然後青芒閃爍，速度極快地畫出了一個愛心形狀。

只不過，這顆心不是紅色的，而是青色的……

「噗嗤。」

這顆青色的愛心一閃即逝，但還是被柳欣然捕捉到了，她當即笑出了聲，說道：「小青，我知道他們錯了，就該受懲罰，但是，直接將他們殺了，是不是太殘忍了？」

「欣然，這就是你心慈手軟，聖母心理了。」聞言，王大寶當即開始敦敦教導，「壞人就該殺，不僅僅因為他們幹了壞事，更是一種震懾。要不然，誰都可以招惹咱們萬界錢莊，那還得了？咱們哪有時間、哪有人手去管這些閒事？」

「可是……」

柳欣然還想說什麼，陳凡直接開口說道：「進萬界錢莊，我有事安排。」

頓時，眾人一靜，紛紛拿出萬界令牌，然後消失在原地。

「坐。」

等到眾人來到萬界錢莊大廳，陳凡開口說道：「既然你們的傷勢已然痊癒，接下來就繼續去解決債務糾紛。」

「安忠國，你負責南域和西南域。」

「蘇輕語，你負責西域和西北域。」

「王大寶，你負責北域和東北域。」

「至於東南域……」

說到這裡，陳凡頓了一下，目光掃向眾人。

「莊主。」正在此時，劍瞎子突然起身，開口道，「我來負責吧。」

「我想獨自歷練一下。」

「你？」陳凡眉頭一挑，隨即說道，「也不是不可以。」

「靈雲大陸八大域，以南域和東域最強，西域次之，北域再次之，東南域居末。」

「鍛鍊一下你，也未嘗不可。不過……你是學徒，沒有特殊情況下，你每個月只能領一枚萬界令牌。」

「一旦你用了，相應月分的其他時間，遇到危險就只能靠你自己。」

「是。」劍瞎子的目光依舊堅定。

「好。」陳凡隨即看向秦政，說道，「秦政升任萬界錢莊分莊莊主，鎮守靈雲山之巔的萬界錢莊。」

「接下來，這裡的萬界錢莊將會針對整個東域開放，所有人都可以來這裡交易。」

「這邊的業務，由你來全權處理，碰到處理不了的，再行請示我。我會在這個分莊的庫房裡，放置一些基本資源，用於你的交易。」

「每隔一段時間，我會專門來審核你的帳目，考核你的業績。」

「是！」

秦政當即起身，神色肅然地應下。

他的實力太弱，根本不適合討債，而且他的理想也是將大秦變得更加強盛，所以留在這裡，是最好的選擇。

而且，他是第一處萬界錢莊分莊莊主，這是莊主對他的信任。

他要起到模範帶頭作用，如果考核不合格……他可丟不起那個人。

「柳欣然，隨小祕前往中域，小青和小羽同行。」

陳凡說著，已然進入小祕的身體，走向柳欣然：「妳好，我是陳冪。」

「妳好，冪冪姐。」柳欣然當即恭敬地彎腰低頭，主動喊道。

陳凡無語。

莫名地，他想起一位女星，然後低頭看了看自己的胸部，咳咳……

「叫我冪姐就行了。」陳凡說道。

「喔，好的。」柳欣然乖巧地應道。

「事不宜遲，現在就出發吧，借助傳送陣，我親自出手，助你們一程。」

隨即，陳凡帶著眾人離開萬界錢莊系統，來到傳送陣。

先是安忠國以及諸葛宇等人來到巨大的傳送陣中央，然後每個人都是將大量的靈石拿出。

傳送，需要耗費極多的能量，尤其是同時傳送這麼多的人，這些能量，都需要靈石來提供。

「嗡。」

傳送陣催動，陳凡熟練地操縱著。

隨即，大量的靈石開始被消耗，濃郁的空間波動也是傳來。

等到空間波動達到某個極限時，傳送陣上空的空間陡然撕裂，然後虛空之梭帶著安忠國等人，沒入虛空，消失不見。

緊接著，空間閉合，整個過程，不過是數息工夫。

隨後是蘇輕語，然後是王大寶，再然後是劍瞎子，最後是陳凡。

他操縱著陣幕，主動來到陣法中央，黑翎羽雕、柳欣然以及小青當即跟上。緊接著，陣法啟動，消失不見。

而陳凡等人不知道的是，在他們催動傳送陣的時候，周雲楓悄然釋放四隻黑色扁長的蟲子。

「虛空影蟲。」

虛空影蟲，一種行走於虛空之中的生命，很難捕捉，實力極弱，但在虛空之中，卻是速度極快，能夠起到極好的跟蹤作用。

這種蟲子一旦認主，終生不會背叛。

「南域、西域、北域、東南域。」

很快，周雲楓便是將陳凡等人的去向全部掌握，嘴角掀起一抹狠辣的弧度，說道：「萬界錢莊很強大，但是……這些使者、學徒以及分莊莊主，卻是極弱。既然滅不掉萬界錢莊，殺不死你們莊主，那就先剪除萬界錢莊的這些爪牙。」

他深深的看了一眼靈雲山之巔的萬界錢莊，最終還是沒有選擇動手。

因為，剛剛的整個過程，萬界錢莊莊主都沒有出手。

誰知道萬界錢莊莊主還在不在這裡？他不敢冒險，一旦他死了，這個血海深仇，就永遠也報不了了。

「嗖。」

身形緩緩退去，他很快趕往大周，將蘇輕語等人的樣子全部畫出來，將其戰技特點以及使用的兵器，也全部列了出來。

分發給周圍的大周皇族強者。

這些人，全都是以往大周皇朝派往中域修煉的皇族天才。

加上他，活下來的只有十人，這些人，也是大周皇族最後的倖存者。

至於其他人，全部被大明滅殺。

「立刻動身，務必剷除萬界錢莊的這些爪牙。你們，也要活下來。咱們大周皇族，不能就此泯滅。」

「是。」一眾人齊喝。

周雲楓安排道，而他自己，則是去對付前往中域的那些萬界錢莊眾人。

有人問道：「楓哥，大明皇朝侵占我大周疆域，殺我大周皇室子弟，難道就這麼放過它？」

「沒必要因為這些弱者，暴露了咱們的蹤跡，打草驚蛇，讓萬界錢莊有所警惕。」

「等到滅掉了萬界錢莊，再來收拾大明，也不遲。得罪我大周皇朝的人，都要死。」

因為沒有目的地坐標的緣故，所以利用傳送陣離開的安忠國等人，只能前往大概的方向，能夠落在哪裡，就不知道了。

具體傳送多遠，則是要看投入的靈石數量。

安忠國以及諸葛宇等人，是第一批被傳送的，破空而出之後，已然處於一個戰場之上。

激烈的喊殺聲、慘叫聲以及兵器的碰撞聲還有狂猛地靈力攻勢對撞聲，各種聲音交織在一起，瞬間湧入安忠國等人的耳中。

好在，他們習慣了這個環境，突然遇到這種情況，第一時間便是適應。

「列陣，禦敵。」安忠國第一時間大喝一聲。

「是。」

諸葛宇等人臉色一肅，神情之中反而有著極致的興奮之色。

雖然見識了萬界錢莊的恐怖和強大，但是真正心嚮往之的……還是戰場。

「嗯？這些人是誰？穿的衣服好像不屬於敵我雙方的陣營。」

「這裡剛剛明明沒有人。這些人好像是突然出現一般。怎麼回事？」

「管他呢，出現在這裡，擋住了路，就滅了。」

兩方陣營先是一愣，然後毫不猶豫地繼續進攻。

因為安忠國等人就在兩方陣營的正中間，正值激戰的雙方，根本顧不了那麼多，直接開殺。

所以，安忠國等人竟是需要同時防禦來自兩方的進攻。

「血戮之陣，殺！」

安忠國並未插手，這種規模的戰鬥，諸葛宇他們完全能夠應付。

事實也的確如此，衝上來的敵人，全都成了刀下之魂，眨眼間便是斬敵五百有餘，氣勢更盛。

諸葛宇等人自從脫離大韓，跟隨他之後，在他不惜資源的供應下，實力提升迅猛，紛紛突破。

諸葛宇此人更是突破至了化靈境中期。

而這，尚未耗盡他之前的積累。此時，在他的帶領下，即便是通靈境初期的強者來攻，也未必能夠破開這血戮之陣。

一百單八將士一條心，如臂指使，配合著血戮之陣的恐怖，簡直所向披靡。

「這是兩大宗門吧？竟然發動了如此規模的血戰，看來是仇深似海。」

安忠國觀察四周，很快作出判斷，他不想剛來南域這邊，就得罪當地的勢力，所以當即大聲喝道：「吾等無意冒犯，還請讓開一條路，讓我們離去。」

「殺了我們那麼多人，還要跑？做夢呢？殺！」

「殺、殺了他們，殺光他們！一起上，先殺了他們，咱們雙方再打！區區百人，竟然讓我們兩大宗門讓路，你們算什麼東西？」

然而，他的這句話，非但沒有起到積極的作用，反而激起了兩方的憤怒，竟是使得他們同仇敵愾，暫時將矛頭指向了他。

見狀，安忠國眉頭一皺，當機立斷，下達了命令。

「諸葛宇，殺出去。」

「殺！」

諸葛宇等人正殺得興起，自然是毫無畏懼，尤其是看到衝上來的敵人，更是血性被激發，戰力全開。

一面倒的屠殺，再次上演。

一千具屍體，兩千具屍體，五千具屍體。

短短十數分鐘的時間，諸葛宇等人前進八千公尺，殺敵五千，血流成河。

硬生生地殺得兩方宗門弟子膽寒，無人敢再靠近。

無論你是靈玄境、靈動境，抑或是化靈境武者，都和靈修境武者沒有任何區別，觸碰到血戮之陣，都會被碾碎成死屍。

這兩方宗門，宗主也不過是化靈境後期高手，怎麼可能攔得住諸葛宇等人？

接連損失數位宗門高手之後，這兩方宗門徹底怕了，丟下滿地的屍體，狼狽逃竄。

兩方宗門門主帶著弟子，一邊跑，還一邊往後看，生怕安忠國等人追上來。

然而，安忠國可沒閒工夫去殺他們這些小嘍囉，他看了一眼地圖，當即帶著諸葛宇等人離開了戰場……

蘇輕語她被傳送至一片大山之中，因為時差的緣故，這裡正值黑夜。

而此時，入目之處，是一片火海，山火蔓延，迎風而盛，無數生命狂奔而逃，狼狽、惶急。

「嗯？」

某一刻，她美眸微微一縮。

她看到一個山村，正在被大火吞噬，一個兩三歲的小女孩，正跪倒在地，無助哭喊。

「爹爹、娘親！泥們趕緊出來啊。小玉害怕，嗚嗚……」

「泥們不要小玉了嗎？小玉聽話。聽你們的話。小玉以後再也不會淘氣了。嗚嗚……小玉不能沒有爹爹，不能沒有娘親……嗚嗚……」

小女孩說話還不是很清楚，她也不知道逃跑，只是衝著火海哭喊。

她甚至不知道，被大火吞噬的爹爹和娘親，接下來會怎麼樣，她只是本能的恐懼，一種來自親情的感應，使得她意識到即將逝去爹爹和娘親。

蘇輕語悄無聲息地來到小女孩的身旁，然後將其抱起，一身血紅色長袍，在大火的映襯下，顯得越來越妖異。

「姐姐，妳能救救小玉的爹爹和娘親嗎？」

小女孩看到蘇輕語那溫柔的俏臉，竟是彷彿一下子找到了依靠，不怕生的開口問道。

「可以啊。」

蘇輕語輕笑一聲，頓時天地萬物黯然失色。

下一刻，漫山火海，竟是彷彿受到了某種命令，開始瘋狂湧入其血紅色長袍之中，速度極快，一時間竟是彷彿一條流動的火河。

令人駭然，令人心驚，數息間，大火熄滅。

「姐姐，妳好厲害。也好漂亮。」

小女孩並未注意到了這絢麗而又詭異的一幕，她只看到漫山火海，很快消失，她只知道是姐姐弄的，小臉布滿了驚奇。

在火光下，她看向蘇輕語彷彿羊脂玉的皮膚以及精緻的五官，不由得發出驚嘆。

「小玉也很漂亮。」蘇輕語點了點小玉的瓊鼻，然後說道，「為了感謝小玉的誇獎，姐姐送妳一個禮物好嗎？」
「好呀好呀，小玉最喜歡禮物了。」
「不過，小玉要和爹爹、娘親一起看。」
此時，小玉的父母從山村裡衝出來，她趕忙邁動著兩條小腿，迎了上去。
「轟。」
在小玉和她爹爹娘親團聚的那一刻，夜空之中，無數由火焰組成的煙火，瞬間綻放，絢麗多姿，小玉一家的小臉在此刻顯得異常清晰……

王大寶相比較於安忠國和蘇輕語，他的遭遇，就比較有趣。
他出現的地方，在一個房間，房間裡的布置非常精美，甚至還有一些少兒不宜的衣物和道具。
當然，這些不是重點。
重點是……房間中央有一個浴桶。
浴桶裡有一位美人，正在沐浴。
雖然是背對著王大寶，但是那光滑白皙的玉背，仍舊極具衝擊力，使得王大寶瞬間瞪圓了眼珠子。
他正處於氣血旺盛的年齡，此時看到這一幕，當即便是有種鼻血狂飆的衝動。還好他第一時間催動體內靈力，將這種飆鼻血的衝動給壓制了下去。要不然，丟大臉了。

隨即，經過激烈的思想鬥爭，他決定離開，畢竟身為萬界錢莊的正人君子，豈能偷看美女洗澡？

這豈不是有辱萬界錢莊威名？他接下來還怎麼要債？

讓莊主知道了，他恐怕要倒大霉。

「我可不想成為萬界錢莊有史以來，第一個被降級的使者。更不願意去當分莊莊主，一直待在一個地方。」

「我要跟隨莊主，走遍四方。」

只是……王大寶說著的時候，眼珠子仍舊死死地盯著這具誘人的軀體，眼睛眨都不眨一下。

說要走，可是腳步卻是一動不動。

典型的嘴巴說得很好聽，但是身體表現得很誠實。

「啊！」

然後，他那熾熱的目光，終於讓這位浴中美女感受到了不對勁，一轉頭……發出了脆生生的尖叫聲。

王大寶胖臉一變，轉身就跑。

「爹，抓住這個淫賊。」

御空逃離的王大寶，聽到這句話，頓感不妙，隨即便是感受到下方升騰而起一道恐怖的氣息。

「通靈境後期。」

王大寶臉色再變，這實力，顯然要比他強。

「五品神行符籙。」

然後，他毫不猶豫地催動五品神行符籙，狂飆而逃。

被抓現行，他可就跳進黃河也洗不清了。

「莊主，你害苦了我啊。」

隨即，他直接把鍋丟給了陳凡：「如果我被抓住，一定不是我的原因，是莊主你的原因。把我傳送到這個地方，我也很無奈啊。」

「淫賊哪裡走？辱我女兒清白還想一走了之？當我臧霸天那麼好欺負嗎？」

王大寶身後，一位身材魁梧，容貌粗獷霸氣的中年男子，中氣十足的大喝一聲，狂追而來。

「對不起，我真不是故意的。」

王大寶心肝在顫抖，尤其是看到身後這位自稱臧霸天的中年人，也是催動了五品神行符籙之後，更是要哭了。

很快，他還是被追上了，沒辦法，他只是通靈境中期實力，在同樣催動五品符籙的情況下，他怎麼可能跑得過通靈境後期實力的臧霸天？

「還想跑？家底挺豐富啊。竟然有五品神行符籙。」

臧霸天攔住了王大寶，冷喝道：「說吧，你是哪個家族的公子哥？老子怎麼從未見過你？北域什麼時候有這麼年輕的強者了？」

「抱歉，都是我的錯。」

「我是萬界錢莊的使者，本來是使用傳送陣從東域來到北域的，結果沒想到無意間傳送到了令愛的浴房裡，實在是……誤會啊。」

王大寶想要繼續解釋，臧霸天直接擺手打斷，說道：「老子不管你是怎麼偷看我女兒洗澡的。」

「偷看了就是偷看了，按照我們這地方的規矩，你看了我女兒的身子，就要同我女兒成親。」

「便宜你這小子了。」臧霸天非常霸道而且直接。

「啊？」

這讓王大寶頓時傻愣住了。

什麼情況？不殺了我嗎？怎麼還轉眼間成了別人的女婿？

「怎麼？小子你不同意？」

臧霸天的神色頓時一冷，殺氣澎湃，瞬間將王大寶鎖定，直接祭出五品神爆符籙，說道：「覺得我臧霸天的女兒委屈你了？」

「不是、不是！」

王大寶趕忙擺手，尤其是看到眼前的這位中年人，直接拿出了五品神爆符籙，更是馬上投降。

這脾氣也太火爆了吧？

一言不合，直接用五品神爆符籙來對敵。

我……

「不是就好。」臧霸天說道，「要不是看你這小子修為還行，就你長得這麼醜，老子才看不上你。」

「呃……前輩，您是不是眼花了？」

王大寶自信的甩了甩自己的頭髮，說道：「我這麼玉樹臨風，英俊瀟灑，不知道迷倒過多少少女，讓多少少婦懷春，讓……」

「你說什麼？」

臧霸天另一隻手又是拿出一枚五品神爆符籙，臉色不善的盯著王大寶。

「前輩，別衝動。」

「我……好吧，我承……承認剛剛都是吹牛的，您別介意，就我這長相，那些喜歡我的女孩，肯定也不是饞我身子，而是看重我的天賦。」

王大寶覺得好漢不吃眼前虧，所以暫且委屈一下自己英俊容顏，說些謊話。

「到底同不同意嫁給我女兒？大老爺們，磨磨唧唧的。」臧霸天說道。

「嫁？這不是上門女婿嗎？我……」

王大寶剛想說自己不同意，臧霸天那邊已經準備直接催動兩枚五品神爆符籙，嚇得他趕忙嚥了一口唾沫。

然後語氣一變，把肯定句換成了問句：「我……如果我不同意會怎麼樣？」

「不同意，老子就炸死你。」臧霸天說道，「同意就跟老子走。」

「呃……」

王大寶這輩子都想不到，有一天他會成為上門女婿。

什麼鬼，這……

總感覺冥冥之中，上天在捉弄他。

「霉運。」

頓時，他一臉恍然，絕對是霉運的鍋。

「看來，之前從莊主那裡得到的氣運卡，氣運值耗盡了。我也太倒楣了吧？這都是什麼事。」

王大寶就差捶胸頓足了。

想到剛剛那名浴中女子脆生生的聲音以及轉過頭來那匆匆一瞥的芳容，還有光潔誘人的玉背，他心中一鬆。

好在，不是母夜叉。

「好。」深吸一口氣，王大寶說道：「前輩，我跟你走。不過……」

「你同意了？太好了，趕緊跟我回去，和我女兒成親。」

臧霸天鬆了一口氣，然後拉著王大寶便是回家。

頓時，王大寶有種不妙的預感……

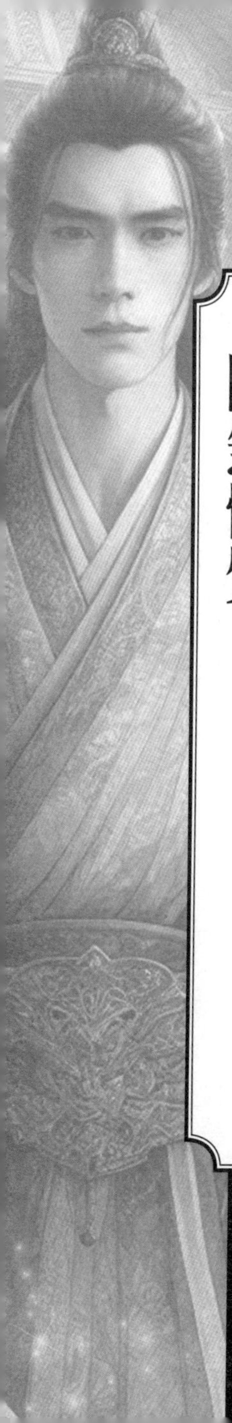

第十章

陰煞體質

「靈兒，這傢伙同意當妳丈夫了。」臧霸天帶著王大寶返回臧家，然後高興的大喝道。

此時，臧家很多人都是出來了，聽說了自家小姐被偷看洗澡的事情，而且還不知道什麼時候摸進了浴房，這還得了？

看到王大寶的那一刻，頓時準備開罵，然後……

「我沒聽錯吧？竟然有人同意當咱家小姐的丈夫？」

「噓，小聲點。讓小姐聽見，肯定又罰你蹲起，或者繞臧家大宅跑十圈，邊跑邊叫我最醜。」

「以後，他就是咱們姑爺了？真是有勇氣的男人，佩服。」

王大寶耳聰目明，自然是將這些話全部聽到了耳中，心中不妙的感覺越來越強烈了。

「是什麼原因讓他們這麼說？」

「臧家小姐很醜？不對啊。之前瞥了一眼，雖然目光全在脖子以下的部位了，沒有看清她到底長什麼樣，但是整體臉型好像是瓜子臉？」

「這不是標準的美人臉型嗎？」

就在王大寶胡亂猜測之際，一道亭亭玉立的身影推門而出。

「好、漂、亮！」

一瞬間，王大寶便是被眼前的女子給吸引了。
這身段，這容顏，只能用四個字來形容：閉月羞花。
而且……
「她的實力竟然達到了御靈境中期？這是什麼實力？什麼天賦？比我還要變態？我滴個乖乖。」
王大寶徹底被震驚了，感覺自己撿了個寶，等等……
王大寶還是很理智的，當即疑惑地想道：「既然這麼漂亮，天賦這麼好，為什麼臧霸天和臧家這些丫鬟、家奴會是剛剛那般表情？那般言語？先問清楚。」
打定主意之後，王大寶留了個心眼。
「喔？父親，你是說這位公子願意成為我的夫君？」
臧靈兒溫婉開口。
見狀，王大寶頓時心中一動，對其越來越滿意了，這女子，還知書達理，極有涵養，自己這是要賺大了，要不……上門女婿也可以？
「只是……」
他看到周圍的臧家丫鬟和家奴都是神色古怪，不由得心生警惕，有什麼不對嗎？我要耐住性子，再看看。
「沒錯，他親口答應的。」臧霸天把自己的胸膛拍得震天響，說道，「老爹保證。」
「公子，你願意？」臧靈兒再次問道。
「呃……」
王大寶看到臧霸天那極具威脅的眼神，心道一聲：我敢不願意嗎？
而且，他的確看了臧靈兒的身子。
算了，是福不是禍，是禍躲不過。
該承擔的責任，一定要承擔，要不然算什麼男人？
「願意。」
「不過，我屬於萬界錢莊的使者，身分尊貴，是不會做上門女婿的。」
王大寶還是拎得清的，這個世界，上門女婿就是恥辱。
「喔？萬界錢莊？有我臧家強大嗎？我臧家可是北域最強大的家族，萬族臣服。靈兒更是御靈境中期實力，整個北域，無一合之敵。」
臧霸天極為霸氣地說道：「謙虛一點說，我臧霸天在北域跺一腳，整個北域都在抖三抖。」
王大寶無語，這還叫謙虛？我這老岳丈，好像比我還會吹牛啊。
「咳咳……」王大寶回過神來，說道，「萬界錢莊，新崛起於東域，目前已經在東域稱霸。莊主什麼實力，我不知道。」

「但我是萬界錢莊使者當中，最弱的一個。」

「萬界錢莊目前的最強戰力，是一柄靈器，前段時間瞬間滅殺了來自靈雲宗的御靈境強者，其中還有御靈境後期強者，而且還持有靈器。」

「什麼？這麼厲害？」

聞言，臧霸天眼睛瞬間瞪得滾圓，彷彿眼珠子都要被瞪出來似的。

「東域？據說東域的排名，比我們北域還要靠前一些。」

「東域第一，的確很厲害了。竟然連御靈境後期的強者都能秒殺。厲害。姑爺背後的勢力，好厲害的樣子。」

周圍的臧家丫鬟和家奴也紛紛議論開來，顯然沒想到姑爺的背景如此強悍。

這麼算來，簡直和自家小姐，門當戶對。

「靈雲宗。」相比較於其他人的表現，臧靈兒顯然要理智很多，敏銳地把握住了重點，「你是說……萬界錢莊已經得罪了靈雲宗？」

「沒錯，據我推測，當時死的那幾名年輕人，應該在靈雲宗地位很高，要不然不可能那麼年輕便是擁有那般修為，而且還有一個持有靈器。」

王大寶沒有任何的隱瞞，反而死死地盯著臧靈兒，收起了原先的嬉皮笑臉，反問一句：「現在……你還敢當我女人嗎？」

王大寶突然變化的神態，出乎了所有人的意料。

臧霸天眉頭微微一皺，不過並未說什麼，而是看向自己的女兒。他尊重自己女兒的決定。

「靈雲宗而已……我臧靈兒會怕？敢來北域，滅了便是。」臧靈兒異常平靜地說道。

所有人瞬間一靜，全都被臧靈兒言語中透露出來的霸氣所震撼。

「霸氣！」

臧霸天突然吼了一嗓子，嚇得王大寶一哆嗦。

「小姐威武！」

周圍的丫鬟和家奴也紛紛大喊出聲。

「小姐威武！」

然後是臧府周邊的鄰居，再然後是整個城池。

「呃……」

僅僅通過這一下，王大寶便是看出了臧家在北域的影響力。

不單單是霸道，而且很得人心。

「你知道為什麼本小姐到現在還沒有嫁出去嗎？」

正在此時，臧靈兒再次出乎所有人的意料，開口反問王大寶。

「靈兒，妳……」

臧霸天想要開口阻止，臧靈兒直接打斷：「爹，欺騙是不長久的，女兒的幸福還沒有那麼廉價。」

聞言，王大寶小眼睛微微一縮，然後深吸一口氣，搖了搖頭，說道：「不知道。」

「因為我是陰煞體質。」臧靈兒說道。

「什麼？」王大寶臉色劇變。

「現在，你還敢娶我嗎？」

臧靈兒問道，美眸微微閃爍，死死地盯著王大寶。

不僅是她，臧霸天以及臧府所有人，都在這一刻，死死地盯著王大寶。

「這……」

王大寶眉頭一皺……

陰煞體質，一種極陰極煞的體質，吸收陰煞就可以無限制的突破下去，但是……卻會讓人的身體被陰煞不停地侵蝕，最終壽命大幅度縮短。

換句話來說，這種體質的人，活不長久。

要想活命，只能吸收陽氣。

陽氣何來？自然是夫君。

陽氣越旺盛的男子越好，也就是說，臧靈兒想要活命，必須采陽補陰，藉此延續壽命。

只不過……男人的陽氣要是被採補過度，必然會病入膏肓，萎靡不振，一副腎虛的樣子，甚至會縮短壽命。

以臧靈兒此時的實力，體內陰煞必然極多。

一旦王大寶和其結親，恐怕是很難扛住臧靈兒的，他會被榨乾的。

這也是，臧靈兒一直以來，都嫁不出去的原因。

「這……算個屁事啊。」王大寶眉頭一皺，不在乎的擺了擺手，笑著說道，「我還以為是什麼原因，原來是這個。」

「不算什麼。你想好了？」臧霸天不放心地問道，「就這麼答應了？你不是剛來北域嗎？不是剛見我女兒嗎？」

「岳父大人，你信不信一見鍾情？」王大寶問道。

「哈哈。」

王大寶看到臧霸天吃癟一次，頓時高興不已，笑著說道：「山人自有妙計。岳父大人，你要相信我。」

「老子相信你這個鬼。」

臧霸天警告道：「老子可是告訴你，如果你只是貪圖我女兒的身子，結了婚，入了洞房就直接跑的話，老子即便是追到天涯海角，也要弄死你。」

我嗎？」

「呃……」王大寶頓時嘴角一陣抽搐，說道，「岳父大人，你就這麼看不上

「是不是跟萬界錢莊有關？」臧靈兒突然開口，猜到了什麼。

「呃……」王大寶頓時苦著臉，說道，「靈兒，妳也不相信我？」

聞言，臧靈兒似笑非笑地盯著王大寶，不言語。

「咳咳……好吧，妳猜的很準。」

王大寶只能承認，在臧靈兒的眼前，他彷彿被看得透徹，什麼也隱瞞不了，索性承認：「萬界錢莊，交易萬物。」

他拿出了萬界令牌，說道：「莊主，會幫世間任何人，解決任何問題。」

「這……就是萬界錢莊的魅力所在。」

四周一靜，臧靈兒陷入沉思。

臧霸天則是一臉不信：「王大寶，你這吹牛的工夫，可比老子厲害多啊。」

王大寶頓時擺手，謙虛道：「哪有，哪有。和岳父大人您比起來，還差了許多。」

「什麼意思，你是說我會吹牛了？」臧霸天頓時瞪著眼睛，不樂意了。

「沒。」

「呃……」王大寶靈機一動，很明智的找到一個切入點，「對了，你們知道

我代表萬界錢莊來北域是幹什麼的嗎？」

「債務契約，拓跋家族，欠我們萬界錢莊淬體功法一門。鮮卑族，欠我們萬界錢莊巨靈訣一門。」

「這就是我們萬界錢莊的神奇和強大。別說靈器、靈脈、功法和戰技了，你想要什麼，應有盡有。」

隨即，他看向臧靈兒，說道：「靈兒，妳這陰煞體質，不是會壽命降低嗎？那就讓莊主給妳增加壽命。」

「我們前段時間在東域，收取一位強者的壽命。我記得是七百八十年。只要咱們能夠付得起代價，靈兒妳的壽命問題，就不是問題。」

「真的？」

聞言，臧霸天嚇呆了：「連壽命都能抽取？你這小子騙人的吧？」

「千真萬確。」

感受到眾人懷疑的目光，王大寶非常無奈，但又根本解釋不通，只能開口說道：「靈兒，等咱們完婚。然後妳去萬界錢莊，到時候見到莊主，妳就知道我說的是真的還是假的了。」

「好。」臧靈兒點頭。

陳凡，準確來說是陳冪，帶著柳欣然、小羽和小青，踏上了中域的土地。入目之處，是一片蔥鬱的山林，連綿起伏。

「這裡是十萬重山？」陳凡眉頭一挑，問道。

「應當是。」柳欣然點了點頭，然後說道，「接下來，咱們應該是朝著這個方向去走。」

「欣然，妳要自信點。」陳凡看到柳欣然這般不自信的樣子，不由得開口說道，「是這個方向，就是這個方向。不是這個方向，就不是這個方向。」

「呃……冪姐，我……我路痴。」柳欣然咬著粉唇，低聲說道。

「那肯定是這個方向。」陳凡果斷朝著相反的方向走去。

「啾啾。」

隨即，兩人一劍在小羽的帶領下，快速朝著陳凡所指的方向飛去。

小羽的速度很快，而且體型巨大，所過之處，狂風驟起，林浪滔滔，聲勢很大。

「啾啾。」

野獸全都匍匐在地，瑟瑟發抖，一些弱小的靈獸同樣如此。

「啾啾。」

一些強大的靈獸，試圖抵抗小羽的威勢。

「啾啾。」

然而，卻被小羽仰天長嘯一聲，瞬間又是鎮壓下去。

「小羽不過是血脈純度達到了百分之十，就能震懾十萬重山的靈獸。」

「上古時期的黑翎羽雕，又是何等的威勢？」

「震懾萬獸，縱橫無敵？」

陳凡負手而立，眺望著一望無際的山脈，心中陡升豪邁之情。

「啾啾。」

小羽似乎是感受到了主人的情緒，上古氣息釋放，速度飆升到了極致，彷彿一道黑色的流星，劃破天際。

「這裡是青城，果然，咱們的方向是對的。」

很快，眾人便是飛出十萬重山，看到下方一座巨大的城池，當即回憶起在百科全書裡看到的靈雲大陸地圖，不由得點頭說道。

柳欣然頓時不好意思的低下了螓首。

「嗯？」就在此時，陳凡突然眉頭一挑，「來客人了？」

「我還沒有將萬界令牌撒向中域呢吧？」

隨即，他盤膝而坐，然後陰魂進入萬界錢莊系統。

與此同時，臧靈兒已然來到萬界錢莊大門前，看著眼前的建築，她不由得眉頭一挑，說道：「這裡就是萬界錢莊？」
「萬界錢莊，交易萬物，歡迎光臨。」
「請坐。」
等到臧靈兒進了萬界錢莊大廳之後，關於她的基本資訊介紹，也是浮現在陳凡腦海之中。
「原來，妳是王大寶的妻子。」
然後，他神色古怪了起來。
王大寶這傢伙，算是運氣好，還是運氣差呢？
竟然隨便傳送一下，就碰到了臧靈兒的浴房，還剛巧碰到了臧靈兒洗澡。
更讓他沒想到的是，兩人竟然就這麼成了？
總感覺……有些兒戲呢？難道，這就是緣分？
「莊主，我是貴莊王使者介紹來的，想要問一問您，怎麼解決我陰煞體質的問題。」臧靈兒落落大方地坐下，然後開口說道。
「好辦。」陳凡饒有興趣地看著眼前這位奇女子，反問道，「關鍵是，妳能付出什麼代價？」
「即便妳是王使者的家屬，也不會享受任何優惠的。」
「叮。」隨即，系統的提示音再次響起，「臧靈兒，陰煞體質，御靈境中期修為，三十三條靈脈，完璧之身，九千萬靈石，陰風爪，陰魔功，勾魂索……」

「竟然是極其罕見的陰煞體質。而且修習的全都是陰氣很重的功法、戰技，使用的靈器也是陰氣極重。」

「但是，她本人卻給人一種溫婉動人的感覺，彷彿鄰家姐姐般。」

陳凡不由得眉頭一挑，這種情況的發生，只能說明一點：「此女的意志力異常堅韌，並未被這些陰氣侵蝕心智，甚至情緒都是極其積極向上的。」

「莊主，您先說解決辦法吧。」

臧靈兒並未著急說出自己能付出的代價，而是開口說道：「到時候，針對您的解決辦法，我再說出自己可以付出的代價，如何？」

「可。」陳凡也不廢話，直捷了當，「大體是兩種辦法。」

「第一，妳繼續發揮陰煞體質的特性，只需要為妳提供充足的陽氣即可延續壽命。第二，修煉陽屬性功法，提供充足的陽氣，與妳的陰煞體質相生相剋，妳只需要維持其中的平衡，就能達到延續妳壽命的目的。」

聞言，臧靈兒點了點頭，這也是她這些年博覽全書，得到的結論。

只是……

「方法好想，具體實施，卻是極難。」臧靈兒神色一黯。

「妳到現在還是完璧之身，顯然是不想禍害任何人，也並未強迫任何男人為你提供陽氣。」陳凡點了點頭，說道，「品性良佳。」

聞言，臧靈兒心中驚詫不已：萬界錢莊莊主是怎麼知道她還是完璧之身的？果然如同王大寶所說，萬界錢莊莊主高深莫測。

頓時，她心中多了一絲希望。

「妳的眼光不錯，王大寶就是不錯的選擇。這傢伙實力還可以，精力無限，每天廢話連篇，短時間內絕對能夠滿足妳。」

陳凡說道：「如果妳不竭澤而漁，說不定還能讓王大寶活更久。」

他甚至能夠想像接下來王大寶的生活場景，估計每天都是一副腎虛的樣子。

「以後，看你還如何廢話連篇。」

陳凡嘴角微微一挑，甚至有些期待王大寶婚後的生活。

「呃……」

臧靈兒顯然沒想到萬界錢莊莊主說話如此直接，直接到她這種性格，也是有些不太好意思地解釋道：「夫君偷看靈兒洗澡，按照我們那的風俗，的確要對靈兒負責的。」

聞言，陳凡點了點頭，說道：「本庄主理解，也支持妳收了王大寶。眼下看來，妳是選擇了第一種辦法。這也是最穩妥的辦法。」

第二種辦法，修煉陽屬性功法，這樣很容易走火入魔，導致陽氣和陰氣在其體內爭鬥，進而控制不住，傷及自身，甚至有可能讓臧靈兒喪命。

何況，臧靈兒體內的陰煞之氣已然極為濃郁，想要修煉陽屬性功法，也基本上不太可能了。

「既然妳收了王大寶，那麼……目前擺在妳面前的，大概也有兩條路。」

陳凡繼續說道：「第一，提升王大寶的實力，想辦法讓他體內的陽氣更盛，這種辦法是長久之計，不過想要提升王大寶的實力以及陽氣，卻是需要時間，而妳……似乎等不了那麼久了。」

聞言，臧靈兒點頭說道：「沒錯。」

「我感覺自己的身體即將到達極限，快要壓制不住體內的陰煞之氣了，急需大量陽氣。一旦壓制不住，我的性命倒是無憂，但卻會壽命大減。」

「所以，就需要其他輔助手段。」

「沒錯，這也是我要說的第二條路。」

陳凡早已經得知臧靈兒的身體狀況，說道：「尋找陽屬性的天材地寶佩戴身上，或者服用，想必……妳現在也這般做吧？」

「沒錯。」臧靈兒說道，「這也是我能夠支撐到現在的原因。可是……我已經快要撐不住了。」

聞言，陳凡再次點頭，說道：「目前你的情況，是必須和王大寶圓房，吸收他的陽氣，才能度過這次危機。至於他能不能扛得住……那就不知道了。」

「還請莊主出手相助。」

臧靈兒起身，彎腰行禮，言辭懇切。

「妳我各持所需而已。」陳凡說道，「妳能付出多大的代價，就能得到多大的回報。」

「我願意加入萬界錢莊，交出自己的終生自由。」臧靈兒猶豫了一下，隨即開口說道。

「喔？你們這是夫妻倆都想給我打工啊。」

陳凡眉頭一挑，問道：「是王大寶給妳出的主意吧？」

「是。」臧靈兒沒有隱瞞。

「一百年壽命。當萬界錢莊使者。」

陳凡說道：「看在是王大寶介紹生意的分上，我可以額外贈送給你們五枚萬界令牌。」

一百年的壽命，足夠臧靈兒壓制住體內的陰煞之氣，再配合著她收集到的陽屬性天材地寶以及王大寶體內的陽氣，理論上來說，一百年內都不會出現任何的問題。

而有著一百年的時間，臧靈兒以及王大寶必然找到更多陽屬性的天材地寶，萬界錢莊也必然能夠擁有徹底解決其陰煞體質的辦法。

「多謝莊主。」臧靈兒臉色一喜。

「簽署靈魂契約吧。」陳凡當即說道。

臧靈兒離開了，陳凡給了她一百年壽命之後，她能夠明顯感覺到自己的陰煞之氣不再躁動，能夠穩穩地將其壓制下去。

接下來，也就不用吸收太多王大寶的陽氣。

也就危及不到王大寶的性命，最多讓王大寶變得虛一些。

只是……壽命延長了一百年，她的容貌也是隨之發生了變化。

變得更加年輕了，變成了十三四歲的模樣。

「這……大寶啊，十三四歲的小女孩，你也下得去手嗎？」

陳凡感覺自己在誘導犯罪。

好在，這是在異界大陸，在這裡，十二三歲婚嫁都屬於正常。

想到這裡，他非常好奇地觀察著王大寶那邊的情況，想要看看，這傢伙腎虛之後的境況。

「靈兒，妳……」

當臧靈兒再次出現的時候，其身旁的王大寶和臧霸天兩人，竟是沒有第一時間認出來。

「這……這不是妳十三四歲時候的樣子嗎？妳……妳怎麼會變成這樣？」

臧霸天心頭更加震驚，畢竟他沒有見過萬界錢莊的手段。

「爹，我加入了萬界錢莊，當了一名使者，然後從萬界錢莊莊主那裡得到了一百年壽命。」

「再然後，就變成了這樣。」臧靈兒說道。

「呃……」

聞言，臧霸天感覺自己在聽一個極為荒誕的故事，壽命竟然真的可以交易。現在，由不得他不相信，因為事實就發生在眼前。

「萬界錢莊，果然神奇。」臧靈兒說道，「夫君，你沒有騙我。」

「那當然。」王大寶看到臧霸天的神色，聽到臧靈兒的誇讚，頓時覺得賊有面子，說道，「我王大寶從不吹牛，只用事實說話。」

「對了，靈兒。妳現在的陰煞之氣能夠壓制住了嗎？」

說著，他不懷好意的看著臧靈兒，喉嚨莫名地有些發乾，問道：「可以圓房了嗎？」

「可以，只是……如果現在圓房，還需要吸收你的一些陽氣，才能徹底將其壓制住。」

臧靈兒俏臉微紅，她自然知道王大寶打的什麼主意，這太明顯了。

「沒事、沒事，我王大寶精力旺盛，陽氣充沛。」

王大寶當即笑開了花，沒想到加入萬界錢莊，真的能夠找到女朋友。

尤其是，眼前臧靈兒的年齡，更是讓他愛得不行。

他就喜歡年齡小一些的，這樣才能更加激發他的保護欲，激發他內心的某種欲望。

總之……他迫不及待了。

「咳咳……」

就在此時，臧霸天咳嗽了兩聲，然後狠狠瞪了一眼王大寶，說道：「你這小子當著岳父的面討論這件事，真的好嗎？」

「呃……嘿嘿……」王大寶當即賤兮兮地說道，「那賢婿我就先撤了。不打擾岳父大人您休息了。」

說著，他便是拉著臧靈兒轉身就走。

「休息個屁，老子現在不想休息。」

臧霸天一巴掌扇在王大寶的腦袋上，然後說道：「還有萬界令牌沒有，老子也要去一趟萬界錢莊。」

「啊？」

聞言，王大寶一愣，即便是臧靈兒都是一臉不解地說道：「爹，萬界錢莊是不看人情的，只重交易。」

「我現在的實力和體質，也是付出了終身自由，才換取的一百年壽命。」

「您……」

「老子怎麼了？老子的天賦也很不錯，好吧？而且，老子在北域可是響噹噹的第一號人物，難不成還不配和萬界錢莊交易了？」

藏霸天頓時瞪圓了自己的牛眼，說道：「放心吧，老子有分寸。付出多少，得到多少的道理還是懂得的。」

「可是……您需要什麼啊？」王大寶不解地問道，「靈兒的事情已經暫時解決了，至於以後，我和靈兒也會想辦法的，不需要您操心。」

不得不說，王大寶這傢伙還是挺孝順的。

主要是他的父母已然不在，臧霸天也讓他很有親切感。

所以，不自覺地就站在臧霸天的角度考慮問題。

「老子用你管？」臧霸天罵了一句王大寶。

「呃……」王大寶無奈地說道，「您就是想去，也沒有萬界令牌了啊。」

「我有。」臧靈兒隨即說道，「莊主給了我五枚萬界令牌。」

「什麼？五枚？」王大寶頓時眼前一亮，「莊主大氣。」

「你只能暫時拿一枚，給爹一枚，剩下的放我這裡。」臧靈兒分配道。

「必須聽娘子的。」

王大寶賤賤一笑，然後主動將一枚萬界令牌拿出來，塞到了臧霸天的懷裡，然後抱著臧靈兒便是離開，同時喊道：「岳父大人，您和莊主可以促膝長談，慢慢交易。不著急。」

「色痞子。」臧霸天看到王大寶一溜煙地離開，頓時笑罵了一聲，然後目光放在了手中的萬界令牌上。

「不行，我要變得更有籌碼一些，然後再去交易。」

他的牛眼之中，閃過一抹精芒，然後果斷進了修煉室。

他要突破，突破成為御靈境，到時候再去交易。

至於交易什麼……

「這是避免不了的情況。」

陳凡看著這一幕，倒也並不意外。

在他將五枚萬界令牌交給臧靈兒的時候，就料想到了這個情況，人不為己天誅地滅，臧靈兒為自己的父親著想，也是正常的。

「不過……以後還是儘量減少這種情況發生，畢竟萬界錢莊不是慈善錢莊，是要盈利的。」

陳凡說道：「更多的時候，還是讓萬界令牌，主動去找尋客人。」

隨即，陳凡將眼前的王大寶和臧靈兒開親的畫面揮散，接下來這種少兒不宜的畫面，他還是不看了，沒這個癖好。

「目前萬界令牌，絕大多數全都在東域那邊。」

「既然接下來的主要交易範圍在中域，那就收回東域那邊的萬界令牌吧。」

這般想著，他大手一招，散落在東域各處的萬界令牌便是重歸萬界錢莊大廳，懸浮在空中。

「散！」

隨即，他將這些萬界令牌全部撒向中域。

這裡的客源質量更高，萬界令牌必定能夠找到很多可以交易的對象。

接下來……有的忙了。

「接下來，看一下這次的交易，得到了什麼獎勵。」

——待續

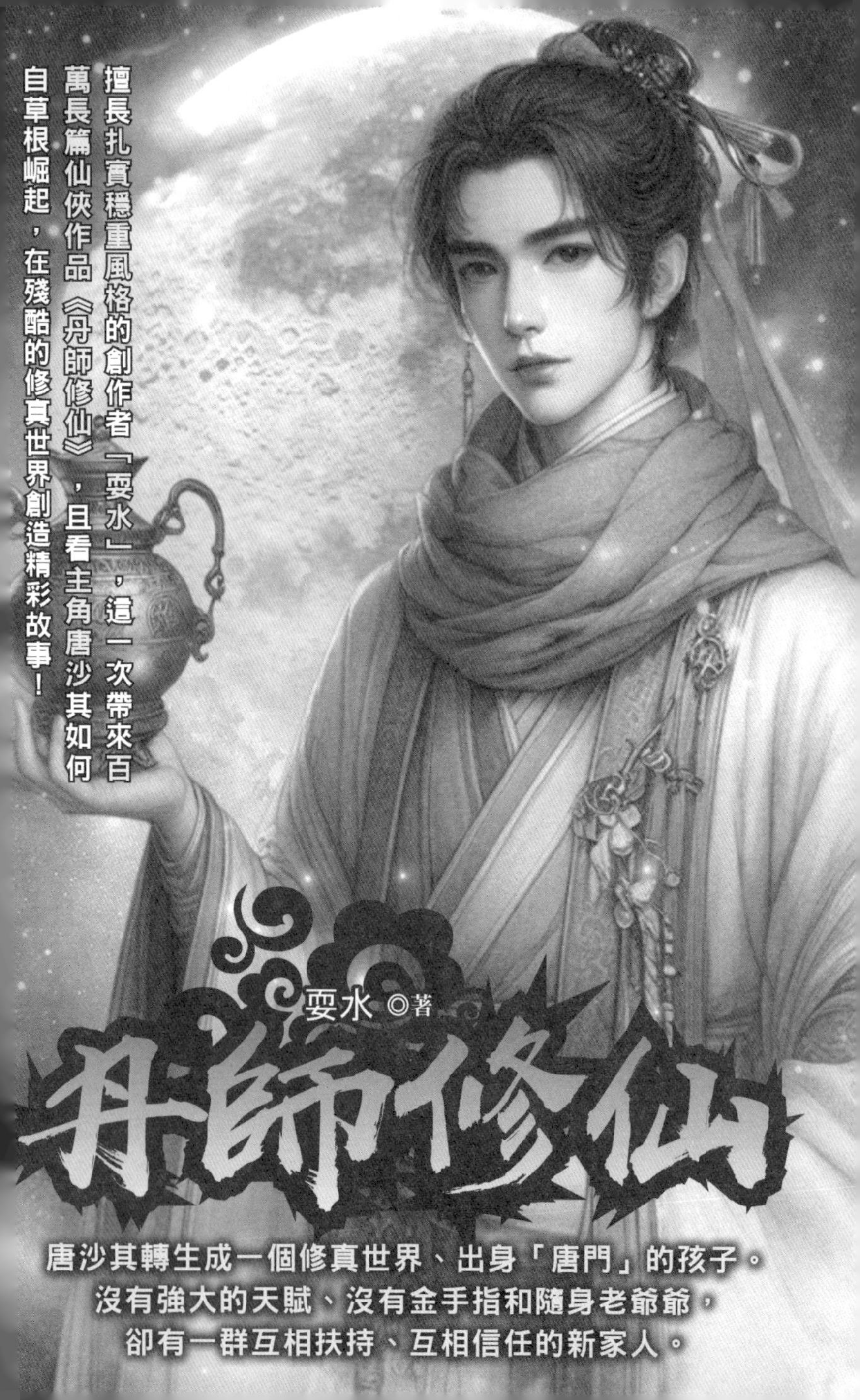
擅長扎實穩重風格的創作者「耍水」，這一次帶來百
萬長篇仙俠作品《丹師修仙》，且看主角唐沙其如何
自草根崛起，在殘酷的修真世界創造精彩故事！
耍水◎著
丹師修仙
唐沙其轉生成一個修真世界、出身「唐門」的孩子。
沒有強大的天賦、沒有金手指和隨身老爺爺，
卻有一群互相扶持、互相信任的新家人。

國家圖書館出版品預行編目資料

萬界錢莊 / 師小生. --初版.
--臺中市：飛燕文創事業有限公司, 2024.09-

冊；公分

ISBN 978-626-348-927-1(第1冊:平裝). --
ISBN 978-626-348-928-8(第2冊:平裝). --
ISBN 978-626-348-929-5(第3冊:平裝). --
ISBN 978-626-348-930-1(第4冊:平裝). --
ISBN 978-626-348-931-8(第5冊:平裝). --
ISBN 978-626-348-932-5(第6冊:平裝). --
ISBN 978-626-348-933-2(第7冊:平裝). --
ISBN 978-626-348-934-9(第8冊:平裝). --
ISBN 978-626-348-935-6(第9冊:平裝). --
ISBN 978-626-348-936-3(第10冊:平裝). --
ISBN 978-626-348-937-0(第11冊:平裝). --
ISBN 978-626-348-938-7(第12冊:平裝). --
ISBN 978-626-348-939-4(第13冊:平裝). --
ISBN 978-626-348-940-0(第14冊:平裝). --
ISBN 978-626-348-941-7(第15冊:平裝). --
ISBN 978-626-348-942-4(第16冊:平裝). --
ISBN 978-626-348-943-1(第17冊:平裝). --
ISBN 978-626-348-944-8(第18冊:平裝). --
ISBN 978-626-348-945-5(第19冊:平裝). --
ISBN 978-626-348-946-2(第20冊:平裝)

857.7 113011382

萬界錢莊 04

出版日期：2024年09月初版
建議售價：新台幣190元
ISBN 978-626-348-930-1

作　　者：師小生
發 行 人：曾國誠
文字編輯：小玖
美術編輯：豆子、大明
製作/出版：飛燕文創事業有限公司
公司地址：台中市南區樹義路65號
聯絡電話：04-22638366
傳真電話：04-22629041
印 刷 所：燕京印刷廠有限公司
聯絡電話：04-22617293

各區經銷商

華中書報社	電話　02-23015389
旭昇圖書有限公司	電話　02-22451480
智豐圖書股份有限公司	電話　05-2333852
威信圖書有限公司	電話　07-3730079

網路連鎖書店

金石堂網路書店 電話：02-23649989
網址：http://www.kingstone.com.tw/

博客來網路書店 電話：02-26535588
網址：http://www.books.com.tw/

若您要購買書籍將金額郵政劃撥至22815249，戶名：曾國誠，
並將您的收據寫上購買內容傳真到04-22629041

若要購買本公司出版之其他書籍，可洽本公司各區經銷商，
或洽本公司發行部：04-22638366#11，或至各小說出租店、漫畫便利屋、各大書局、金石堂網路書店、博客來網路書店訂購。
▶如有缺頁、破損，請寄回更換！

Fei-Yan
飛燕文創